JN317790

国木田《くにきだ》　独歩《どっぽ》

❶

❷

❸

❶『欺《あざむ》かざるの記　前編』口絵
満谷国《みつたにくに》四郎《しろう》画「武蔵野」

❷『欺かざるの記　前編』
一九〇八（明治四一）年一〇月刊

❸詩《し》碑《ひ》「山林に自由存す」
（東京都三鷹《みたか》市）

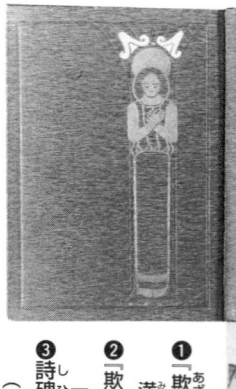

読んでおきたい日本の名作

独歩吟・武蔵野 ほか

国木田独歩

教育出版

目次

§〈注〉の見出し語に◇印のあるものは、資料ページ（194・195）も参照。

独《どっ》歩《ぽ》吟《ぎん》（抄《せう》）

驚《きやう》異《い》

ゆめと見る〳〵はかなくも
なほ驚《おどろ》かぬ此《この》こゝろ
吹《ふ》けや北風此ゆめを
うてやいかづち此こゝろ
をのゝき立ちてあめつちの
くすしき様をそのまゝに
驚きさめて見む時よ
其《その》時あれともがくなり

ゆめと見る〳〵はかなくも
　人生ははかない一場の夢だと知っても。
吹けや北風此ゆめを
　この夢を吹きとばして自分の心を目覚めさせよ、北風よ。
うてやいかづち
　雷《いかづち》よ、天地の驚《きょう》異《い》に目覚めさせよ。
あめつちの…くすしき様
　宇宙の不思議さ。
其時あれともがくなり
　宇宙の秘密に驚

夏の夜

夏の夜はれて星みつ空
　さびしき野辺をひとりたどる
仰《あふ》げば高しいよゝ高し
　嗚呼《あゝ》わが心天をゆびざす

浜づたひ

夕日まばゆき砂山こえて
　われ心なく浜づたひ
沖《おき》の白帆《しらほ》や真帆《まほ》片帆《かたほ》
　浮世《うきよ》の波を知らずがほ

き目覚める時を迎《むか》えたいともだえ苦しむのだ。
わが心天をゆびざす
　自分の心は広大な天を実感している。
浜づたひ
　海辺に沿って歩くこと。
真帆片帆
　正面に向けて全面に風を受ける帆と、風をはらませるために一方に傾《かたむ》けてあげる帆。
浮世の波
　この世に生きていく時に味わう

枯野《かれの》の友

枯野のなかの此《この》ひとつ家
家のうしろのひとつ松
わが友とては此松のみ

枯野のなかの一《ひと》もと松
をとづるものは風ばかり
友とし言へば此われのみ

友なき里

苦痛。

8・9……友とし言へば　友人と言えるのは。

今日一日も暮《くれ》にけり
友なき里にさびしくも
入合《いりあひ》告ぐる鐘《かね》のねに
今日一日も暮にけり
明日もさびしく暮《くら》すらん
友なき里にさびしくも

春来《きた》り冬ゆく

のぼる朝日を迎《むか》へては
　春よ春よと叫《さけ》ぶをば
梢《こずゑ》の鳥も同じこゝろに聞きとりて
　ねをふりたてゝ囀《さへづ》りぬ
囀る声をきゝてはわれも

入合告ぐる鐘　夕暮れに寺でつく鐘。晩鐘《ばんしょう》。

同じこゝろ　のぼる朝日に春が来たことを感じ取る心。

春よ春よとまたよびぬ
沈《しづ》む夕日を見送りて
　冬よ冬よと叫ぶ時
遠寺の鐘《かね》のをとも哀《あは》れに鳴りひゞき
　冬の心を弔《とむら》ひぬ
きえゆく鐘をきゝてはわれも
　冬よ冬よとまたよびぬ

門辺《かどべ》の児供《こども》

街の塵《ちり》にまみれつゝ
　浮世《うきよ》の風に吹《ふ》かれつゝ
門辺に遊ぶ子供等《ら》の
　よろこぶ様を見る毎《ごと》に

をと　音。

街の塵　俗塵《ぞくじん》（世俗の煩《わずら》わしさ）の意を含《ふく》む表現。

浮世の風　人に苛酷《かこく》な人生を強《し》いる世間のありようの意を含む表現。

あはれ子供よなれも亦《また》
住みて悲しきあさましき
此世《この》に生《うま》れをひたちて
涙《なみだ》の谷へといそぐなる
げに哀《あは》れぞと思ひやり
空ゆく雲をながめては
雲のゆくへのきはみなき
深き思《おもひ》に沈《しづ》むなり

君ゆゑに

烏羽玉《ぬばたま》のやみの命と泣きつるに

独歩吟（抄）

なれ　汝《なんじ》。おまえ。
をひたちて　成長して。
涙の谷　悲哀《ひあい》と苦渋《くじゅう》に満ちた世の中。
烏羽玉の　黒・夜・闇《やみ》・夕などにかかる枕詞《まくらことば》。「ぬばたまの」に同じ。烏羽玉はヒオウギの丸くて黒い種子。

君ゆゑに春の月夜となりにけり
うつら〳〵と恋《こひ》ゆゑに
楽しき夢をむすびつゝ

楽しき夢のさめぬ間に
わかき血しほのかれぬ間に
恋てふ翼《つばさ》をれぬ間に
とことはの国に入らましあはれ君

恋《こひ》のきはみ

恋しき君よみそなはせ
苔《こけ》むす古き此《この》墓を
われらが若き恋の身も

恋てふ翼　人の心に夢と希望を与《あた》える恋という翼。
とことはの国　永久に変わらない国。天国。

みそなはせ　ごらんなさい。

楽しき今の此恋も
はかなくきゆる其時《その》の
時の羽風ぞ身にはしむ
あはれ悲しき此こゝろ
恋のきはみの涙《なみだ》かな

恋しき君よ此涙
星にもにたる君が目に
露《つゆ》より清く浮《うか》ぶ時
限りなき空仰《あふ》ぎつゝ
われは見るなりとことはに
君ともろとも住む国を
あはれうれしき此こゝろ
恋のきはみの望《のぞみ》なれ

時の羽風
時のうつりゆきとともに吹《ふ》いてくる無常の風。

とことはに…住む国を
君と一緒《いっしょ》に永久に住む国。天国。

独歩吟（抄）

森に入る

遠山雪をわれのぞみ
　若き血しほぞわきにける
自由にこがれわれはしも
　深き森にぞ入りにける

あはれ乙女《をとめ》のこまねきて
　恋《こひ》しき君よと呼びければ
わかき心のうきたちて
　何時《いつ》しか森をわれ出《い》でぬ
森をば慕《した》ふわれなれば

こまねきて
　両手を胸の前で組み合わせて。
森をば慕ふ
　名誉《めいよ》や富貴とかかわりない自由の世界を恋い慕う。

都のちまたに生ひたちし
乙女がこゝろあきたらで
　恋を黄金《こがね》に見かへしぬ
あはれはかなきわが恋よ
　若きこゝろもくだかれて
わかき血しほも氷りはて
　をぐらき森にわけ入りぬ

聞くや恋人《こひびと》

聞くや恋人烏羽玉《ぬばたま》の
やみの枯野《かれの》に声すなり
狂《くる》へる人の叫《さけ》ぶ声

恋を黄金に見かへしぬ　恋をふり捨てて富のほうにのりかえていった。
をぐらき森　うす暗く人を孤《こ》独《どく》にさせる森。

狂へる人　恋に狂った人。

あらしにまじりて絶え〳〵に
君が名よびて行く声を

今こそは

行先《ゆくさき》は何処《いづこ》にもあれ
行末《ゆくすゑ》は如何《いか》にともあれ
すぎこしかたの夢もさめにけり
今こそは此身《この》ひとつの旅路なれ
漫々《まんまん》たる大海今より爾《なんぢ》にまかす
八重《やへ》の潮路の朝風よ
浅かりし契《ちぎり》のなごりふき払《はら》へ
今こそは此身一つの舟路《ふなぢ》なれ

すぎこしかた
過去。昔。
漫々たる
遠くひろびろと
した。
浅かりし契
薄《うす》く短かった二
人の関係。
いざ去らば
では、さようなら

いざ去らば富士《ふじ》の高峰《たかね》もいざ去らば
八百八島今をかぎりの涙《なみだ》かな
たらちねのわが故郷《ふるさと》もいざ去らば
今こそは此身一つの舟路なれ

「こぞの今」

そぼ降る雨の音長く
野末をわたる風遠し
思ひ起《おこ》すは去年《こぞ》の今
「去年の今」とてよもすがら

ら。
八百八島　多くの島から成っている日本列島。
たらちね　父母。
こぞ　去年。
野末　野のはて。
よもすがら　一晩中。夜どおし。

山林に自由存す

山林に自由存す
われ此句《このく》を吟《ぎん》じて血のわくを覚ゆ
嗚呼《あゝ》山林に自由存す
いかなればわれ山林をみすてし

あくがれて虚栄《きよえい》の途《みち》にのぼりしより
十年の月日塵《ちり》のうちに過ぎぬ
ふりさけ見れば自由の里は
すでに雲山千里の外にある心地《ここち》す

眥《まなじり》を決して天外を望めば

いかなれば
　どういうわけで。
あくがれて
　心をひかれて。
　あこがれて。
塵のうちに過ぎぬ
　世の中の汚《よご》れに
　まみれて過ごし
　た。
ふりさけ見れば
　遠くを仰《あお》ぎみる
　と。はるかにな
　がめると。
雲山千里の外
　雲のかかってい
　る山のはるか向
　こう。
眥を決して
　眼《め》を見開いて。
　心を決めて。

をちかたの高峰《たかね》の雪の朝日影《かげ》
嗚呼山林に自由存す
われ此句を吟じて血のわくを覚ゆ

なつかしきわが故郷《ふるさと》は何処《いづこ》ぞや
彼処《かしこ》にわれは山林の児《こ》なりき
顧《かへり》みれば千里江山《かうざん》
自由の郷《さと》は雲底に没《ぼつ》せんとす

独《どく》　坐《ざ》

夜ふけて灯前独《ひと》り坐す
哀思悠々《あいしいういう》堪《た》ゆべからず
眼底涙《なみだ》あり落つるにまかす

をちかた
　遠いところ。遠方。
朝日影
　朝日の光。
千里江山
　川や海のはるか向こう。
哀思
　かなしい思い。
悠々
　憂《うれ》えかなしむさま。

天外雲ありわれを招《まね》く

秋の月影《つきかげ》

秋の月かげひとりでふめば
をのが影のみさきにたつ
ふりさけ見れば目に涙《なみだ》
露《つゆ》を払《はら》へと風がふく

山　中

山路たどれば煙《けむり》が見ゆる
谷の小川に藁《わら》流る

何処《いづこ》の誰《たれ》がおすみやるか
峰《みね》の松風さびしかろ

沖《おき》の小島

沖の小島に雲雀《ひばり》があがる
　雲雀すむなら畑がある
畑があるなら人がすむ
　人がすむなら恋《こひ》がある

おすみやるか　住んでいらっしゃるのか。

故郷《ふるさと》の翁《おきな》に与《あた》ふ

翁よ今もすこやかに
　丘《をか》の麓《ふもと》にくらすらん
丘の小松の夕日影《かげ》
　今も昔のまゝにして

恋《こひ》しき翁今もなほ
　松葉かきつゝうたふらん
うたふ其《その》声今もなほ
　さびしき谷にひゞきつゝ
谷の小川の水せきて

松葉かきつゝ
　地面に落ちた枯《か》れ松葉をかき集めながら。
水せきて
　水をせきとめて。

夏の日ながく暮《くら》せしも
今は昔となりにけり
われは昔のわれならで
あはれ翁よ此《この》われを
今も昔のわらべぞと
昔のまゝにおぼすらん
翁は昔のまゝにして

恋《こひ》の清水

恋の清水をくむものは
まごゝろ強くもてよかし
楽しき夢のさめぬ間に

おぼすらん　思っておられるのだろう。

きよき現《うつつ》にうつりなん
天津《あまつ》真清水くみつゝも
まごゝろ浅き乙女《をとめ》見よ
黒き血吐《は》きて斃《たふ》れたり
いつしか夢もさめはてゝ

風の音

ふと小夜更《さよふ》けてめさむれば
のきばをさわぐ風のをと
春や来《きた》りし、冬ゆきし
枯野《かれの》の小屋の夢あはく
遠ざかりゆく風のをと

きよき現にうつりなん　清らかな現実（結婚《けっこん》）に移ってゆくのがよい。
天津真清水　天の泉の清水のような清らかな恋。

冬やのがれし春やきし

山の声

峰《みね》より峰に風わたり
　遠ざかりゆく其《その》声を
聞きすます間に水のをと
　渓《たに》より渓にひゞくなり
風声遠く水近し

水のをとにもあらぬ声
　風の声にもあらざるは
月にうかれて山かつの
　妹《いも》がりゆきつ帰るさの

独歩吟（抄）

山かつ
　山の中に住んでいる賤《いや》しいきこりや猟師《りょうし》など。
妹がり
　親しい女性（妻・恋人《こいびと》・姉妹など）のところ。
帰るさ
　帰る途中《とちゅう》。

山路こえつゝうたふなり
あはれ其声たえぐ＼に
　風にまじりつ水をとに
絶えつきこえつ遠ざかり
　末は嵐《あらし》となりにけり
風声遠く月さむし

源《げん》叔父《をぢ》

上

都より一人の年若き教師下り来たりて佐伯《さいき》の子弟に語学教ふることほとんど一年、秋の中ごろ来たりて夏の中ごろ去りぬ。夏の初め、かれは城下に住むことをいとひて、半里隔《へだ》てし、桂《かつら》と呼ぶ港の岸に移りつ、ここより校舎に通ひたり。かくて海辺《かいへん》にとどまること一月《ひとつき》、一月の間に言葉かはすほどの人《ひと》識《し》りしは片手にて数ふるにも足らず。その重《おも》なる一人は宿の主人《あるじ》なり。ある夕べ、雨降り風たちて磯《いそ》打つ波音もやや荒《あら》きに、独りを好みて言葉少なき教師もさすがにもの淋《さび》しく、二階なる一室《ひとま》を下《くだ》りて主人夫婦が足投げだして涼《すず》みゐし縁先《えんさき》に来たりぬ。夫婦は灯《ともしび》つけんともせず薄暗《うすぐら》き中に団扇《うちは》もて蚊《か》やりつつ語れり、教師を見て、珍《めづら》しやと座を譲《ゆづ》りつ。夕闇《ゆふやみ》の風、軽《かろ》く雨を吹けば一滴《てき》二滴、面《おもて》を払《はら》ふを三人は心地《ここち》よげに受けて四面山《よもやま》の話に入りぬ。

その後《のち》教師都に帰りてより幾年《いくとせ》の月日たち、ある冬の夜、夜更《ふ》けて一時を

佐伯　今の大分県佐伯市。

城下　旧藩《はん》の城下町だったところ。

半里　二キロメートル弱。

桂と呼ぶ港　佐伯にある葛《かつら》港。

蚊やりつつ　蚊を団扇で追いはらいながら。

四面山の話　世事についての雑談。世間話。

過ぎしに独り小机《こづくゑ》に向《む》かひ手紙したためぬ。そは故郷《ふるさと》なる舊友《きういう》のもとへと書き送るなり。その物《もの》案じがほなる蒼《あを》き色《いろ》、この夜《よ》は頰《ほほ》の辺《あたり》少し赤らみて折々《をりをり》いづこともなくみつむるまなざし、霧《きり》に包まれしある物を定かに視《み》んと願ふがごとし。

　霧のうちには一人の翁《おきな》立ちたり。

　教師は筆おきて読みかへしぬ。読みかへして目を閉ぢたり。眼《まなこ》、外に閉ぢ内に開けば現れしはまた翁なり。手紙のうちに曰《いは》く、「宿の主人はこともなげにこの翁が上を語りぬ。げに珍しからぬ人の身の上のみ、かかる翁を求めんには山の陰《かげ》、水のほとり、国々には沢《さは》なるべし。されどわれいかでこの翁を忘れ得んや。余《よ》にはこの翁ただ何ものをか秘めゐて誰《たれ》一人開くことかなはぬ箱のごとき思ひす。こは余がいつもの怪《あや》しきこころのはたらきなるべきか。さもあらばあれ、われこの翁をおもふ時は遠き笛の音《ね》ききて故郷恋《こ》ふる旅人のこころ、動きつ、または想《さう》高き詩の一節読みをはりて限りなき大空を仰《あふ》ぐがごとき心地す」と。

眼、外に閉ぢ内に開けば
　目をつむって自分の内面に意識を向けていくと。

翁が上
　翁の身の上。

沢なるべし
　多いだろう。

いかでこの翁を忘れ得んや
　どうしてもこの翁のことを忘れることができない。

何もの
　何物。

さもあらばあれ
　それならそれでかまわない。ままよ。

されど教師は翁《おきな》が上をくはしく知れるにあらず。宿の主人《あるじ》より聞き得しはそのあらましのみ。主人はなにゆゑにこの翁のことをかくも聞きたださるるか、教師が心解《げ》しかねたれど問はるるままに語れり。

「この港《みなと》は佐伯町《さいきまち》にふさはしかるべし。見《み》たまふごとく家といふ家幾干《いくばく》ありや、人数《ひとかず》は二十にも足らざるべく、さみしさはいつもこよひのごとし。されど源叔父《げんをぢ》が家一軒《けん》ただこの磯《いそ》に立ちしその以前《かみ》の寂《さび》しさを想ひたまへ。かれが家の横なる松、今は幅《はば》広き道路《みち》のかたはらに立ちて夏は涼《すず》しき陰《かげ》を旅人に借《か》せど十余年の昔は沖《おき》より波寄せてをりをりその根方《ねかた》を洗ひぬ。城下より来たりて源叔父の舟頼《ふねたの》まんものは海に突《つ》き出《い》でし巌《いは》に腰《こし》を掛《か》けしことしばしばなり、今は火薬の力もて危《あや》ふき崖《がけ》も裂《さ》かれたれど。

「否《いな》、かれとてもいかで初めより独り暮らさんや。

「妻は美しかりし。名を百合《ゆり》と呼び、大入島《おほにふじま》の生まれなり。人の噂《うはさ》を半《なか》ば偽《いつは》りと見るも、このことのみはまことなりと源叔父がある夜酒にのまれて語りしを聞けば、彼《かれ》の年二十八九のころ、春の夜更《ふ》けて妙見《めうけん》の灯《ともしび》も消えし時、ほ

幾干ありや　どれくらいあるだろうか。

大入島　葛《かつら》港の目の前にある島。

酒にのまれて　酒に酔って。

妙見　妙見社。妙見菩《ぼ》薩《さつ》が祭神。

ほとほと　ことこと。

とほとと戸たたく者あり。源起きいで誰《たれ》ぞと問ふに、島まで渡《わた》したまへといふは女の声なり。傾《かたぶ》きし月の光にすかし見ればかねて見知りし大入島の百合といふ小娘《こむすめ》にぞありける。

「そのころ渡船《おろし》を業となすもの多きうちにも、源が名は浦々《うらうら》にまで聞こえし。そは心たしかに俠気《をとこぎ》ある若者なりしが故《ゆゑ》のみならず、別に深き故あり、げに君にも聞かしたきはそのころの源が声にぞありける。人々は彼が櫓《ろ》こぎつつ歌ふを聴かんとて選《えら》びて彼が舟に乗りたり。されど言葉少なきは今も昔も変はらず。

「島の小女《をとめ》は心ありてかく晩《おそ》くも源が舟頼みしか、そは高きより見下ろしたまひし妙見様ならでは知る者なき秘密なるべし。舟とどめて互ひに何をか語りしと問へど、酔《ゑ》ふても言葉少なき彼はただ額に深き二條《ふたすぢ》のしわ寄せて笑ふのみ、その笑ひはどことなく悲しげなるぞうたてき。

「源が歌ふ声冴《さ》えまさりつ。かくて若き夫婦のたのしき月日は夢よりも淡《あは》く過ぎたり。独り子の幸助《かうすけ》七つの時、妻ゆりは二度めの産重くしてつひにみま

渡船　渡し舟。
げに　実に。本当に。
心ありて　下心があって。
うたてき　気がかりだ。心が痛む。
みまかりぬ　死去した。

かりぬ。城下の者にて幸助《かうすけ》を引き取り、ゆくゆくは商人《あきうど》に仕立てやらんと言ひいでしがありしも、可愛《かあい》き妻には死に別れ、さらに独り子と離るるは忍《しの》びがたしとて辞しぬ。言葉少なき彼《かれ》はこのごろよりいよいよ言葉少なくなりつ、笑ふことも稀《まれ》に、櫓《ろ》こぐにも酒の勢ひならでは歌はず、醍醐《だいご》の入り江《え》を夕月の光くだきつつ朗《ほが》らかに歌ふ声さへ哀《あは》れをこめたり、こは聞くものの心にや、あらず、妻失ひしことは元気よかりし彼が心を半《なか》ば砕《くだ》き去りたり。雨のそぼ降る日など、さみしき家に幸助一人をのこし置くは不憫《ふびん》なりとて、客とともに舟《ふね》に乗せゆけば、人々哀れがりぬ。されば小供《こども》への土産《みやげ》にと城下にて買ひし菓子《くわし》の袋開きてこのみなしごに分かつ母親も少なからざりし。父は見知らぬふうにて礼も言はぬが常なり、これも悲しさのあまりなるべしと心にとむる者なし。

「かくて二年《ふたとせ》過ぎぬ。この港の工事半ば成《な》りしころわれら夫婦《ふうふ》、島よりここに移りてこの家を建て今の業をはじめぬ。山の端削《はけづ》りて道路《みち》開かれ、源叔父《げんをぢ》が家の前には今の車道《くるまみち》でき、朝夕二度に汽船の笛鳴りつ、昔は網《あみ》だに干さぬ

醍醐の入り江　葛《かつら》港の西北にある代後《だいご》の入り江。

聞くものの心にや　聞き手の思いこみなのだろうか。

われら夫婦　教師が下宿している宿の主人夫婦。

車道　車が通行できる広い道。

荒磯《あらいそ》はたちまち今の様と変はりぬ。されど源叔父が渡船《おろし》の業は昔のままなり。浦人《うらびと》島人乗せて城下に往《ゆ》き来すること、前に変はらず、港開けて車道でき人通り繁《しげ》くなりて昔に比ぶればここも浮世《うきよ》の仲間入りせしをかれはうれしともはた悲しとも思はぬ様なりし。

「かくてまた三年過《みとせ》ぎぬ。幸助十二歳《さい》の時、子供らと海に遊び、誤《あやま》りておぼれしを、見てありし子供ら、畏《おそ》れ逃《に》げてこのことを人に告げざりき。夕暮れになりて幸助の帰り来ぬに心づき、驚《おどろ》きてわれらもともに捜《さが》せし時は言ふまでもなく事遅《ことおく》れて、哀れの骸《かばね》は不思議にも源叔父が舟底《ふなぞこ》に沈《しづ》みゐたり。

「かれはもはや決してうたはざりき、親しき人々にすら言葉かはすことを避《さ》くるやうになりぬ。もの言はず、歌はず、笑はずして年月を送るうちにはいかなる人も世より忘れらるる者と見えたり。源叔父の舟こぐことは昔に変はらねど、浦人らは源叔父の舟に乗りながら源叔父の世に在ることを忘れしやうになりぬ。かく語る我《わ》が身すらをりをり源叔父がかの丸き眼《め》を半《なか》ば閉ぢ櫓担《にな》ひて帰り来るを見る時、源叔父はまだ生きてあるよなど思ふことあり。かれはいかなる人ぞと問ひたまひしは君が初めなり。

「さなり、呼びて酒のませなばつひには歌ひもすべし。されどその歌の意解《げ》しがたし。否《いな》、かれはつぶやかず、繰《く》り言《ごと》ならべず、ただをりをり太きため息するのみ。あはれとおぼさずや――」

宿の主人《あるじ》が教師に語りしはこれに過ぎざりし。教師は都に帰りて後も源叔《げんを》父《぀》がこと忘れず。灯下《とうか》に座《すわ》りて雨の音きく夜《よ》など、思ひはしばしばこのあはれなる翁《おきな》がうへに飛びぬ。思へらく、源叔父今は如何《いかん》、波の音ききつつ古き春の夜のこと思ひて独り爐《ろ》のかたはらに丸き目ふさぎてやあらん、あるひは幸助《こうすけ》がことのみ思ひつづけてやをらんと。されど教師は知らざりき、かく想《おも》ひやりし幾年《いくとせ》の後の冬の夜《よ》は翁の墓にみぞれ降りつつありしを。

年若き教師の、詩読む心にて記憶《きおく》のページ翻《ひるが》へしつつある間に、翁がうへにはさらに悲しきこと起こりつ、すでにこの世の人ならざりしなり。かくて教師の詩はその最後の一節を欠きたり。

さなり　そうだ。そのとおりだ。
思へらく　思っていることは。
古き春の夜のこと　百合《ゆり》とはじめて出会った昔のある春の夜のこと。
記憶のページ翻へし　以前のことを思い出して。
水廓　水のほとりの村。
番匠川　大分県南海部《みなみあまべ》地方を流れ、城山の下を通って佐伯港に注ぐ川。

中

佐伯《さいき》の子弟《してい》が語学の師を桂港《かつらみなと》の波止場《はとば》に送りし年も暮れて翌年《よくねん》一月の末、ある日源叔父は所用ありて昼前より城下に出《い》でたり。

大空曇《くも》りて雪降らんとす。雪はこの地に稀《まれ》なり、その日の寒さ推《お》して知らる。山村水廓《すゐくわく》の民、河より海より小舟《こぶね》うかべて城下に用を便ずるが佐伯近在の習慣《ならひ》なれば番匠《ばんじやう》川の河岸《かし》にはいつも渡船《おろし》つどひて乗るもの下りるもの、浦人《うらびと》は歌ひ山人《やまびと》はののしり、いと賑々《にぎにぎ》しけれど今日はさびしく、河面《かはづら》にはさざなみたち灰色の雲の影《かげ》落ちたり。大通りいづれもさび、軒端《のきば》暗く、往き来絶え、石多き横町《よこまち》の道は氷《こほ》れり。城山《じやうざん》の麓《ふもと》にて撞《つ》く鐘《かね》雲に響《ひび》きて、屋根瓦《やねがはら》の苔《こけ》白きこの町のはてよりはてへともの哀《かな》しげなる音の漂《ただよ》ふ様は魚住まぬ湖水《みづうみ》のただ中に石一個投げ入れたるごとし。

祭の日などには舞台《ぶたい》据《す》ゑらるべき広辻《ひろつじ》あり、貧しき家の児《こ》ら血色《ちいろ》なき顔をさらして戯《たはむ》れす、懐《ふところ》手《で》して立てるもあり。ここに来かかりし乞食《こじき》あり。小《こ》

ののしり　がやがやと言い騒《さわ》いで。

さび　人気がなくさびしくなって。

城山　しろやま。佐伯藩主毛利《はんしゅもうり》氏の居城（鶴谷城）の跡《あと》で、佐伯市街が眼下に見られるところ。

鐘　城山のふもとにある養賢寺の鐘。

祭　佐伯の氏神《うじがみ》である五所大明神の祭。

広辻

供《ども》の一人、「紀州《きしう》々々《きしう》。」と呼びしが振《ふ》り向きもせで行き過ぎんとす。打見《うちみ》には十五六と思はる、よもぎなす頭髪《とうはつ》はくびをおほひ、顔の長きがうへに頬肉《ほほにく》こけたれば頷《おとがひ》の骨とがれり。眼《まなこ》の光濁《にご》り瞳《ひとみ》動くこと遅《おそ》くいづこともなくみつむるまなざし鈍《にぶ》し。まとひしは袷《あはせ》一枚、裾《すそ》は短く襤褸《ぼろ》下がり濡《ぬ》れしままわずかに脛《すね》を隠《かく》せり。腋《わき》よりは蟋蟀《きりぎりす》の足めきたる肱《ひぢ》現はれつ、わなわなとふるひつつゆけり。この時またかなたより来かかりしは源叔父《げんをぢ》なり。二人は辻《つじ》のまん中にて出あひぬ。源叔父はその丸き目みはりて乞食《こじき》を見たり。

「紀州。」と呼びかけし翁《おきな》の声は低けれども太し。

若き乞食はその鈍き目を顔とともにあげて、石なんどを見るように源叔父が眼を見たり。二人はしばし目と目見合はして立ちぬ。

源叔父は袂《たもと》をさぐりて竹の皮包み取り出し握《にぎ》り飯《めし》一つつまみて紀州の前に突きだせば、乞食は懐《ふところ》より椀《わん》をだしてこれを受けぬ。与《あた》へしものも言葉なく受けしものも言葉なく、互ひにうれしともあはれとも思はぬやうなり、紀州はそのまま行き過ぎて後《あと》振り向きもせず、源叔父はその後ろ影《かげ》角をめぐりて

広い大きな通りが交差するところ。

36・37
打見には　ちょっと見たところでは。
よもぎなす頭髪　手入れをせず伸《の》びて乱れたままになっている髪《かみ》の毛。
蟋蟀の足めきたる肱　やせて骨ばっているひじ。
竹の皮　たけのこの外側を包んでいる皮。食べ物などを包むのに用いた。

見えずなるまで目送《みおく》りつ、大空仰《あふ》げば降るともなしに降りくるは雪の二片三片《ふたひらみひら》なり、今一度乞食のゆきし方を見て太きため息せり。小供《こども》らは笑いを忍《しの》びて肱つつき合へど翁は知らず。

　源叔父家に帰りしは夕暮れなりし。かれが家の窓は道に向かへど開かれしことなく、さなきだに闇《くら》きを灯《ともしび》つけず、爐《ろ》の前に座《すわ》り指太き両手を顔にあて、首を垂れてため息つきたり。爐には枯《か》れ枝一つかみくべあり。細き枝に蠟燭《らふそく》の炎《ほのほ》ほどの火燃え移りてかはるがはる消えつ燃えつす。燃ゆる時は一間《ひとま》のうちしばらく明し。翁の影太く壁《かべ》に映《うつ》りて動き、煤《すす》けし壁に浮《う》かびいづるは錦《にしき》絵《ゑ》なり。幸助《かうすけ》五六歳《さい》のころ妻の百合《ゆり》が里帰りしてもらひきしをその時はりつけしまま十年《ととせ》あまりの月日経《た》ち今は薄墨塗《うすずみぬ》りしやうなり、今宵《こよひ》は風なく波音聞こえず。家をめぐりてさらさらとささやくごとき物音を翁は耳そばだてて聴《き》きぬ。こはみぞれの音なり。源叔父はしばしこのさびしき音《ね》を聞き入りしが、ため息して家内《やうち》を見まはしぬ。

　豆洋灯《らんぷ》つけて外に出《い》づれば寒さ骨に沁《し》むばかり、冬の夜寒むに櫓《ろ》こぐをつ

さなきだに　そうでなくてさえ。
爐　いろり。
消えつ燃えつ　消えたり燃えたり。
錦絵　多色刷りにした浮世《うきよ》絵の版画。
豆洋灯　小型の石油ランプ。

らしとも思はぬ身ながら粟《あは》だつを覚えき。山黒く海暗し。火影《ほかげ》及《およ》ぶ限りは雪《せつ》片《ぺん》きらめきて降《お》つるが見ゆ。地は堅《かた》く氷《こほ》れり。この時若き男二人物語りつつ城下の方《かた》より来しが、灯《ともしび》持ちて門《かど》に立てる翁《おきな》を見て、源叔父《げんをぢ》よ今宵《こよひ》の寒さはいかにといふ。翁は、さなりとのみ答へて目は城下の方に向かへり。

やや行き過ぎて若者の一人、いつもながら源叔父の今宵の様はいかに、若き女あの顔を見なばそのまま気絶やせんとささやけば相手は、明朝《あすあさ》あの松が枝に翁の足のさがれるを見出《い》ださんもしれずといふ、二人は身の毛のよだつを覚えて振《ふ》り向けば翁が門にはもはや灯火《ともしび》見えざりき。

夜は更《ふ》けたり。雪はみぞれと変はりみぞれは雪となり降りつ止《や》みつす。灘《なだ》山《やま》の端《は》を月はなれて雲の海に光を包めば、古城市《こじやうし》はさながら乾《かわ》ける墓原《はかはら》のごとし。山々の麓《ふもと》には村あり、村々の奥《おく》には墓あり、墓はこの時覚め、人はこの時眠《ねむ》り、夢の世界にて故人相まみえ泣きつ笑ひつす。影のごとき人今しも広辻《ひろつじ》を横ぎりて小橋《こばし》の上をゆけり。橋の袂《たもと》に眠りし犬頭《くび》をあげてその後ろ影を見たれど吠《ほ》へず。あはれこの人墓よりや脱《ぬ》け出でし。誰《たれ》に遇《あ》ひ誰《た》れと語

灘山　番匠《ばんじやう》川の河口にある山。

墓原　墓場。

らんとてかくはさまよふ。かれは紀州《きしう》なり。

源叔父の独《ひと》り子幸助《ごかうすけ》海におぼれて失《う》せし同じ年の秋、一人の女乞食《こじき》日向《ひうが》の方《かた》より迷ひ来て佐伯《さいき》の町に足をとどめぬ。伴《ともな》ひしは八つばかりの男子《をのこ》なり。母はこの子を連れて家々の門に立てば、貰《もら》ひ物《もの》多く、ここの人の慈悲《めぐみ》深きは他国にて見ざりしほどなれば、子のために行く末よしやと思ひはかりけん、次の年の春、母は子を残していづれにか影を隠《かく》したり。太宰府《だざいふ》まうでし人帰り来ての話に、かの女乞食にたるが襤褸《ぼろ》着し、力士《すまふとり》に伴《ともな》ひて鳥居のわきに袖乞《そでご》ひするを見しといふ。人々皆《みな》思ひあたる節なりといへり。町の者母のつれなきを憎《にく》み残されし子をいや増してあはれがりぬ。かくて母のはかりごと当たりしと見えし。あらず、村々には寺あれど人々の慈悲《めぐみ》には限りあり。不《ふ》憫《びん》なりとは語りあへど、まじめに引き取りて末永く育てんといふものなく、ときには庭先の掃除《さうぢ》など命じ人らしく扱《あつか》ふものありしかど、永くは続かず。初めは童《わらべ》母を慕《した》ひて泣きぬ、人々物与《あた》へて慰《なぐさ》めたり。童は母を思はずなりぬ、人々の慈悲《じひ》は童をして母を忘れしめたるのみ。もの忘れする子なりともいひ、

日向　今の宮崎県。佐伯は宮崎県との県境の少し北方にある。

太宰府　今の福岡県太宰府市にある太宰府天満宮。

袖乞ひ　乞食。

白痴《はくち》なりともいひ、不潔なりともいひ、盗《ぬす》みすともいふ、口実はさまざまなれどこの童《わらべ》を乞食《こじき》の境に落としつくし人情の世界の外に葬《はうむ》りし結果は一つなりき。

戯《たはむ》れにいろは教ふればいろはを覚え、戯れに読本《とくほん》教ふればその一節二節を暗誦《あんしよう》し、小供《こども》らの歌聞きてまた歌ひ、笑ひ語り戯れて、世の常の子と変はらざりき。げに変はらず見えたり。生国《しやうごく》を紀州《きしう》なりと童の言ふがままに「紀州」と呼びなされて、はては佐伯町付属《さいきまちふぞく》の品物のやうに取《と》り扱《あつか》はれつ、街に遊ぶ子はこの童とともに育ちぬ。かくてかれが心は人々の知らぬまに亡《ほろ》び、人々はかれと朝日照り炊煙棚引《すゐえんたなび》き親子あり夫婦《ふうふ》あり兄弟あり朋友《ほういう》あり涙《なみだ》ある世界に同居せりと思へる間《ま》、かれはいつしか無人《むにん》の島にそのさみしき巣を移しここにその心を葬りたり。

かれに物与《あた》へても礼言はずなりぬ。笑はずなりぬ。かれの怒《いか》りしを見んは難《かた》くかれの泣くを見んはたやすからず、かれは恨《うら》みも喜びもせず。ただ動き、ただ歩み、ただ食《く》らふ。食らふ時かたはらよりうまきやと問へばアクセント

読本
小学校で使われていた国語教科書。

生国を紀州なりと童の言ふ
紀伊国《きいのくに》（今の和歌山県と三重県南部）生まれとこの子が言う。

炊煙
炊事の煙《けむり》。

その心を葬りたり
無感動な人間になってしまった。

無き言葉にてうましと答ふその声は地の底にて響《ひび》くがごとし。戯れに棒振《ふ》りあげてかれの頭上にかざせば、笑ふごとき面持《おもも》ちしてゆるやかに歩みを運ぶ様は主人にしかられし犬の尾《を》振りつつ逃《に》ぐるに似て異なり、かれは決して媚《こび》を人にささげず。世の常の乞食見て憐《あは》れと思ふ心もてかれを憐れといふはいたらず。浮世《うきよ》の波に漂《ただよ》ふておぼるる人を憐れと見る目にはかれを見出《い》ださんこと難かるべし、かれは波の底を這《は》ふものなれば。

紀州が小橋《こばし》をかなたに渡《わた》りてよりまもなく広辻《ひろつじ》に来かかりてあたりを見まわすものあり。手には小さき舷灯《げんとう》提《さ》げたり。舷灯の光射《さ》す口をかなたこなたとめぐらすごとに、薄《うす》く積みし雪の上を末広がりし火影《ほかげ》走りて雪は美しくきらめき、辻を囲《かこ》める家々の暗き軒下《のきした》を丸き火影飛びぬ。この時本町《ほんまち》の方《かた》より突如《とつじょ》と現れしは巡査《じゅんさ》なり。づかづかと歩み寄りて何者ぞと声かけ、灯《ともしび》をかかげてこなたの顔を照らしぬ。丸き目、深きしわ、太き鼻、たくましき舟子《ふなこ》なり。

「源叔父《げんをぢ》ならずや。」巡査は呆《あき》れし様なり。

舷灯　航行中の船舶《せんぱく》がふなべりにつける灯火。
光射す口　光が一方向に射すようにあけられた口。
末広がりし　遠くへいくに従って次第《しだい》に広がっていた。
舟子　水夫。船人。

「さなり。」しはがれし声にて答ふ。

「夜更《よふ》けて何者をか捜《さが》す。」

「紀州《きしう》を見たまはざりしか。」

「紀州に何の用ありてか。」

「今夜《こよひ》はあまりに寒ければ家に伴《ともな》はんと思ひはべり。」

「されどかれの寝床《ねどこ》は犬も知らざるべし、自ら風ひかぬがよし。」

情けある巡査《じゆんさ》は行《ゆ》きさりぬ。

源叔父《げんをぢ》はため息つきつつ小橋《こばし》の上まで来しが、火影《ほかげ》落ちしところに足跡《あしあと》あり。今踏《ふ》みしやうなり。紀州ならで誰《たれ》かこの雪を跣足《すあし》のまま歩まんや。翁《おきな》は小走りに足跡向きし方《かた》へと馳《は》せぬ。

下

源叔父が紀州をその家に引き取りたりといふこと知れ渡《わた》り、伝へききし人

滑稽芝居見まほしき心　おどけた所作で笑わせる芝居を見たがるような好奇心《こうきしん》あふれた気持ち。
四国地　四国の土地。
鶴見崎　佐伯湾《さいきわん》の南側に突《つ》き出した小さ

初めは真《まこと》とせず次に呆《あき》れはては笑はぬものなかりき。この二人が差し向かひにて夕餉《ゆふげ》につく様こそ見たけれなど滑稽芝居《おどけしばゐ》見まほしき心にてあざける者もありき。近ごろはあるかなきかに思はれし源叔父またもや人の噂《うはさ》にのぼるやうになりつ。

雪の夜《よ》より七日あまり経《た》ちぬ。夕日影あざやかに照り四国地遠く波の上に浮《う》かびて見ゆ。鶴見崎《つるみざき》の辺り真帆片帆《まほかたほ》白し。川口の洲《す》には千鳥飛べり。源叔父は五人の客乗せてともづな解かんとす、二人の若者かけ来たりて乗りこめば舟《ふね》には人満ちたり。島にかへる娘《むすめ》二人は姉妹《はらから》らしく、頭に手拭《てぬぐ》ひかぶり手に小さき包み持ちぬ。残り五人は浦人《うらびと》なり、後《おく》れて乗りこみし若者二人のほかの三人《みたり》は老夫婦《としより》と連れの小児《こども》なり。人々は町のことのみ語りあへり。芝居《しばゐ》のことを若者の一人語りいでし時、このたびのは衣裳《いしやう》も格別に美しき由《よし》島には未《いま》だ見物せしもの少なけれど噂のみはいと高しと姉なる娘いふ。否《いな》さまでならず、ただ去年のものには少しく優《まさ》れりとうち消すやうにいふは老婦《おうな》なり。俳優《やくしや》のうちに久米五郎《くめごらう》とて稀《まれ》なる美男まじれりてふ噂島の娘らが間に高

な半島。

真帆片帆白し　さまざまな帆かけ舟の帆が白く見えている。

ともづな解かんとす　舟をつなぎとめる綱《つな》をほどいて舟を出そうとしていた。

島　大入島《おおにゅうじま》。

浦人　島の対岸の海辺に住んでいる人。

否さまでならず　それほどではない。

てふ　という。

しとききぬ、いかにと若者姉妹《はらから》に向かつて言へば二人は顔赤らめ、老婦《おうな》は大声に笑ひぬ。源叔父《げんをぢ》は櫓《ろ》こぎつつ眼《まなこ》を遠き方《かた》にのみ注ぎて、ここにも浮世《うきよ》の笑ひ声高きを空耳に聞き、ひと言もまじへず。

「紀州《きしう》を家に伴《ともな》へりと聞きぬ、まことにや。」若者の一人、何をか思ひ出《い》でて問ふ。

「さなり。」翁《おきな》は見向きもせで答へぬ。

「乞食《こじき》の子を家に入れしは何故《なにゆゑ》ぞ解《げ》しがたしと怪《あや》しむもの少なからず、独りはあまりにさびしければにや。」

「さなり。」

「紀州ならずとも、ともに住むほどの子島にも浦《うら》にも求めんには必ずあるべきに。」

「げにしかり。」と老婦口を入れて源叔父の顔を見上げぬ。源叔父は物案じ顔にてしばし答へず。西の山懐《ふところ》より真直《ますぐ》に立ちのぼる煙《けぶり》の末の夕日に輝《かがや》きて真青《まさを》なるを見つめしやうなり。

空耳に聞き
聞こえていても
聞こえないふり
をして。

「紀州は親も兄弟も家も無き童《わらべ》なり、我は妻も子もなき翁なり。我かれの父とならば、かれ、我の子となりなん、ともに幸ひならずや。」独りごとのやうに言ふを人々心のうちにて驚《おどろ》きぬ、この翁がかく滑《なめ》らかに語りいでしを今まで聞きしことなければ。

「げに月日経《た》つことの早さよ、源叔父。ゆり殿《どの》が赤児《あかご》抱《だ》きて磯辺《いそべ》に立てるを視《み》しは、われには昨日のやうなる心地《ここち》す。」老婦はため息つきて、

「幸助《かうすけ》殿今無事ならばいくつぞ。」と問ふ。

「紀州よりは二ツ三ツ上なるべし。」さりげなく答へぬ。

「紀州の歳《とし》ほど推《すゐ》しがたきはあらず、垢《あか》にて歳も埋《うも》れはてしと覚ゆ、十《とを》にやはた十八にや。」

人々の笑ふ声しばしやまざりき。

「われもよくは知らず、十六七とかいへり。生みの母ならで定かに知るものあらんや、哀《あは》れとおぼさずや。」翁は老夫婦《としより》が連れし七歳《ななつ》ばかりの孫とも思はるる児《こ》を見かへりつつ言へり。その声さへ震《ふる》へるに、人々気の毒がりて笑

垢にて歳も埋れはてし　あかまみれで年齢《ねん》《れい》もはっきりわからなくなってしまった。

ふことをやめつ。

「げに親子の情二人が間におこらば源叔父《げんをぢ》が行く末楽しかるべし。紀州《きしう》とても人の子なり、源叔父の帰り遅《おそ》しと門《かど》に待つやうなりなば涙《なみだ》流すものは源叔父のみかは。」夫《つま》なる老人《おきな》の取りつくろひげにいふもまごころなきにあらず。

「さなり、げにその時はうれしかるべし。」と答《いら》へし源叔父が言葉には喜び充《み》ちたり。

「紀州連れてこのたびの芝居《しばゐ》見る心はなきか。」かく言ひし若者は源叔父嘲《あざけ》らんとにはあらで、島の娘《むすめ》の笑ひ顔見たきなり。姉妹《はらから》は源叔父に気《き》がねして微笑《ほほゑ》みしのみ。老婦《おうな》は舷《ふなばた》たたき、そはきはめておもしろからんと笑ひぬ。

「阿波十郎兵衛《あはのじふろべゑ》など見せて我《わ》が子泣かすも益なからん。」源叔父は真顔にていふ。

「我が子とは誰《た》ぞ。」老婦はそしらぬ顔にて問ひつ、

「幸助《かうすけ》殿はかしこにておぼれしと聞きしに。」振《ふ》り向いて妙見《めうけん》の山影《かげ》黒き辺りを指しぬ、人々皆《みな》かなたを見たり。

阿波十郎兵衛　人形浄瑠璃《じょうるり》『傾《けい》城阿波の鳴門《せいあわなると》』の登場人物。巡礼姿の娘お鶴《つる》に母お弓が親子の名乗りができずに別れる八段目が特に有名。

益なからん　無駄《むだ》なことだろう。

妙見の山　妙見社が建てられている山。

「我が子とは紀州のことなり。」源叔父はしばしこぐ手をやめて彦岳《ひこだけ》の方《かた》を見やり、顔赤らめて言ひ放ちぬ。怒《いか》りとも悲しみとも恥《はぢ》ともはた喜びともいひわけがたき情《こころ》胸を衝《つ》きつ。足を舷端《ふなばた》にかけ櫓《ろ》に力加へしと見るや、声高らかに歌ひいでぬ。

海も山も絶えて久しくこの声を聞かざりき。うたふ翁《おきな》も久しくこの声を聞かざりき。夕凪《ゆふなぎ》の海面《うみづら》をわたりてこの声の脈ゆるやかに波紋《はもん》を描《ゑが》きつつ消えゆくとぞ見えし。波紋は渚《なぎさ》を打てり。山彦《やまびこ》はかすかにこたへせり。翁は久しくこのこたへをきかざりき。三十年前《ぜん》の我、長き眠《ねむ》りよりさめて山のかなたより今の我を呼ぶならずや。

老《としより》夫婦は声も節も昔のごとしとほめ、年若き四人は噂《うはさ》に違《たが》はざりけりと聴《き》きほれぬ。源叔父は七人の客わが舟《ふね》にあるを忘れはてたり。

娘二人を島に揚《あ》げし後は若者ら寒しとて毛布《けつと》被《かぶ》り足を縮めて臥《ふ》しぬ。老夫婦は孫に菓子《くわし》与《あた》へなどし、家のことどもひそひそと語りあへり。浦《うら》に着きしころは日落ちて夕煙《ゆふけぶり》村をこめ浦を包みつ。帰舟《かへり》は客なかりき。醍醐《だいご》の入り

彦岳　佐伯《さいき》の東北にある山。

毛布　ブランケットを略した言い方。毛布《もうふ》。

江《え》の口を出《い》づる時彦岳嵐《ひこだけあらし》身にしみ、顧《かへり》みれば大白《たいはく》の光さざなみに砕《くだ》け、こなたには大入島《おほにふじま》の火《ほ》影《かげ》早きらめきそめぬ。静かに櫓《ろ》こぐ翁《おきな》の影黒く水に映れり。舳《へさき》軽《かろ》く浮《う》かべば舟底《ふなぞこ》たたく水音、あはれ何をかささやく。人の眠《ねむ》り催《もよほ》す様なるこの水音を源《げん》叔父《をぢ》は聞くともなく聞きてさまざまの楽しきことのみ思ひつづけ、悲しきこと、気がかりのこと、胸に浮かぶときは櫓握《にぎ》る手に力入れて頭《かしら》振《ふ》りたり。物を追ひやるやうなり。

　家には待つものあり、かれは爐《ろ》の前に座《すわ》りて居《ゐ》眠《ねむ》りてやをらん、乞食《こじき》せし時に比べて我《わ》が家のうちの楽しさ暖かさに心溶《と》け、思ふこともなく灯火《ともしび》うち見やりてやをらん、わが帰るを待《ま》たで夕餉《ゆふげ》をへしか、櫓こぐ術《すべ》教ふべしといひし時、うれしげにうなづきぬ、言葉少なく絶えずもの思はしげなるはこれまでのならひなるべし、月日経《た》たば肉付《づ》きて頬《ほほ》赤らむときもあらん、されどされど。源叔父は頭を振りぬ。否々《いないな》かれも人の子なり、我が子なり、われに習ひて巧《たく》みにうたひ出づるかれが声こそ聞かまほしけれ、少女《をとめ》一人乗せて月夜に舟《ふね》こぐこともあらばかれも人の子なりその少女再び見たき情《こころ》起こさでや

大白　太白星。金星。

むべき、われにその情見ぬく目あり必ずよそには見じ。

波止場《はとば》に入りし時、翁は夢みるごときまなざしして問屋《とひや》の灯火、影長く水にゆらぐを見たり。舟繋《つな》ぎをはればござ巻きて腋《わき》にいだき櫓を肩《かた》にして岸に上りぬ。日暮れてまもなきに問屋三軒《げん》みな戸ざして人影絶え人声なし。源叔父は眼《まなこ》閉ぢて歩み我が家の前に来たりし時、丸き目みはりてあたりを見まはしぬ。

「我が子よ今帰りしぞ。」と呼び櫓置くべきところに櫓置きて内に入りぬ。家内《やうち》暗し。

「こはいかに、わが子よ今帰りぬ、早く灯《ともしび》つけずや。」寂《せき》として応《こた》へなし。「紀州《きしう》々々《きしう》。」こほろぎのふつづかになくあるのみ。

翁はあわてて懐中《ふところ》よりまつち取り出し、ひと摺《す》りすれば一間《ひとま》のうちにはかに明《あか》くなりつ、人らしき者見えず、しばししてまた暗し。陰森《いんしん》の気床下《ゆかした》より起《お》こりて翁が懐《ふところ》に入りぬ。手早く豆洋灯《まめらんぷ》に火を移しあたりを見まはすまなざし鈍《にぶ》く、耳そばだてて「我が子よ。」と呼びし声しはがれて呼吸も迫《せま》りぬと覚

よそには見じ　知らぬふりはしないだろう。
問屋　船商人の宿泊《しゅくはく》と貨物の運送とを業とする汽船問屋。
ふつづか　ふつつか。未熟。不細工なこと。
陰森の気　うす暗く静かでものさびしい気配。

し。
爐《ろ》には灰白く冷え夕餉《ゆふげ》たべしあとだになし。家内《やうち》捜《さが》すまでもなく、ただ一《ひと》間《ま》のうちを翁《おきな》はゆるやかに見まはしぬ。煤《すす》け壁《かべ》の四隅《よすみ》は光届きかねつ心ありて見れば、人あるに似たり。源叔父《げんをぢ》は顔を両手に埋《うづ》め深きため息せり。この時もしやと思ふこと胸を衝《つ》きしに、つと起《た》てば大粒《おほつぶ》の涙《なみだ》流れて頬《ほほ》をつたふを拭《ぬぐ》はんとはせず、柱に掛《か》けし舷灯《げんとう》に火を移していそがはしく家を出《い》で、城下の方《かた》指して走りぬ。
蟹田《がんだ》なる鍛冶《かぢ》の夜業《よなべ》の火花闇《やみ》に散る前を行き過ぎんとして立ちどまり、日暮れのころ紀州《きしう》この前を通らざりしかと問へば、気つかざりしと槌《つち》持てる若者の一人答へていぶかしげなる顔す。こは夜業を妨《さまた》げぬと笑面《ゑがほ》作りつ。また急ぎゆけり。右は畑《はた》、左は堤《つつみ》の上を一列に老松《らうしよう》並ぶ真直《ますぐ》の道を半《なか》ば来たりし時、行く先をゆくものあり。急ぎて灯火《ともしび》さし向くるに後ろ姿紀州にまぎれなし。かれは両手を懐《ふところ》にし、身を前に屈《かが》めて歩めり。
「紀州ならずや。」呼びかけてその肩《かた》に手を掛《か》けつ、

心ありて見れば　人がいるようだという気持ちになって見ると。

蟹田　葛《かつら》港と佐伯《さいき》の町との間にある集落。

鍛冶　金属を鍛《きた》え加工して器物を作ることを職業とする鍛冶屋の家。

夜業　夜間に仕事をすること。

「独りいづこに行かんとはする。」怒《いか》り、はた喜び、はた悲しみ、はた限りなき失望をただこのひと言《こと》に包みしやうなり。紀州は源叔父が顔見て驚《おどろ》きし様もなく、道ゆく人を門《かど》に立ちて心なく見やるごとき様にてうち守りぬ。翁は呆《あき》れてしばし言葉なし。

「寒からずや、早く帰れ我《わ》が子。」いひつつ紀州の手取りて連れ帰りぬ。みちみち源叔父は、わが帰りの遅《おそ》かりしゆゑさびしさに堪《た》へざりしか、夕餉は戸《と》棚《だな》に調《ととの》へおきしものをなどいひいひ行けり。紀州はひと言もいはず、生憎《あやにく》にため息もらすは翁なり。

家に帰るや、爐に火を盛《さか》んにたきてその傍《わき》に紀州を座《すわ》らせ、戸棚より膳《ぜん》取り出しておのれは食らはず紀州にのみたべさす。紀州は翁の言ふがままに翁のものまで食ひつくしぬ。その間源叔父はをりをり紀州の顔見ては眼《まなこ》閉ぢため息せり。たべをはりなば火にあたれといひて、うまかりしかと問ふ。紀州は眠《ねむ》気《げ》なる眼にて翁が顔を見て微《かす》かにうなづきしのみ。源叔父はこの様見るや、眠くば寝《ね》よと優《やさ》しくいひ、自ら床《とこ》敷《し》きて布《ふ》団《とん》かけてやりなどす。紀州の

生憎に　不本意な心持ちで。あいにく。

寝《いね》し後《のち》、翁《おきな》は一人爐《ろ》の前に座《すわ》り、眼《まなこ》を閉ぢて動かず。爐の火燃えつきんとすれども柴《しば》くべず、五十年の永き年月を潮風にのみさらせし顔には赤き焔《ほのほ》の影《かげ》おぼつかなく漂《ただよ》へり。頰《ほほ》をつたひてきらめくものは涙《なみだ》なるかも。屋根を渡《わた》る風の音す、門《かど》に立てる松の梢《こずゑ》をうそぶきて過ぎぬ。

つぎの朝早く起きいでて源叔父《げんをぢ》は紀州《きしう》に朝飯たべさせおのれは頭重く口渇《かわ》きて堪《た》へがたしと水のみ飲みて何も食はざりき。しばしてこの熱を見よと紀州の手取りて我《わ》が額に触《ふ》れしめ、少し風邪《かぜ》ひきしやうなりと、つひに床《とこ》のべてうち臥《ふ》しぬ。源叔父のやみて臥するは稀《まれ》なることなり。

「明日は癒《い》えん、ここに来たれ、物語して聞かすべし。」強《し》いてうちゑみ、紀州を枕辺《まくらべ》に座らせて、といきつくづくいろいろの物語して聞かしぬ。そなたは鱶《ふか》てふ恐《おそ》ろしき魚《うを》見しことなからんなど七ツ八ツの児《こ》に語るがごとし。ややありて。

「母親恋《こひ》しくは思はずや。」紀州の顔見つつ問ひぬ。この問ひを紀州の解《げ》しかねしやうなれば。

うそぶきて　口笛のような音をたてて。

といきつくづく　苦しそうな息をつきながら。

「永く我が家に居《ゐ》よ、我をそなたの父と思へ、――」

なほ言ひつがんとして苦しげに息す。

「明後日《あさって》の夜《よ》は芝居《しばゐ》見に連れゆくべし。外題《げだい》は阿波十郎兵衛《あはのじふろべゑ》なる由《よし》ききぬ。そなたに見せなば親恋しと思ふ心必ず起こらん、その時われを父と思へ、そなたの父はわれなり。」

かくて源叔父は昔見し芝居の筋を語りいで、巡礼謡《じゅんれいうた》を微《かす》かなる声にてうたひ聞かせつ、あはれと思はずやといひて自ら泣きぬ。紀州には何ごとも解し兼《か》ぬさまなり。

「よしよし、話のみにては解しがたし、目に見なばそなたも必ず泣かん。」言ひをはりて苦しげなる息、ほと吐《つ》きたり。語り疲《つか》れてしばしまどろみぬ。目さめて枕辺を見しに紀州あらざりき。紀州よ我が子よと呼びつつ走りゆくほどに顔の半《なか》ばを朱《しゅ》に染めし女乞食《こじき》いづこよりか現はれて紀州は我が子なりといひしが見るうちに年若き娘《むすめ》に変はりぬ。ゆりならずや幸助《かうすけ》をいかにせしぞ、わが眠《ねむ》りし間《ま》に幸助いづれにか逃《に》げ亡《う》せたり、来たれ来たれ来たれともに捜《さが》

外題　浄瑠璃《じょうるり》・歌舞伎《かぶき》などの芝居の題名。

巡礼謡　巡礼がうたう御詠歌《ごえいか》。ここでは、阿波十郎兵衛の娘お鶴《つる》がうたう巡礼歌をさす。

ほと　ほっと。

せよ、見よ幸助《かうすけ》は芥溜《ごみため》のなかより大根の切片《きれ》掘《ほ》り出すぞと大声あげて泣けば、後ろより我《わ》が子よといふは母なり。母は舞台《ぶたい》見ずやと指さしたまふ。舞台には蠟燭《らふそく》の光眼《まなこ》を射るばかり輝《かがや》きたり。母が目のふち赤らめて泣きたまふをいぶかしく思ひつ、おのれは菓子《くわし》のみ食ひてつひに母の膝《ひざ》に小さき頭載《の》せそのまま眠《ね》入りぬ。母親ゆり起こしたまふ心地《ここち》して夢破れたり。源叔父《げんをぢ》は頭《つむり》をあげて、

「我が子よ今恐《おそ》ろしき夢みたり。」いひつつ枕辺《まくらべ》を見たり。紀州《きしう》居《ゐ》ざりき。

「わが子よ。」しはがれし声にて呼びぬ。答へなし。窓を吹《ふ》く風の音怪《あや》しく鳴りぬ。夢なるか現《うつつ》なるか。翁《おきな》は布団《ふとん》はねのけ、つと起《た》ちあがりて、紀州よ我が子よと呼びし時、目眩《くら》みてそのまま布団の上に倒《たふ》れつ、千尋《ちひろ》の底に落ち入りて波わが頭上にくだけしやうに覚えぬ。

その日源叔父は布団被《かぶ》りしまま起き出《い》でず、何も食はず、頭を布団の外にすらいださざりき。朝より吹きそめし風しだいに荒《あら》く磯《いそ》打つ浪《なみ》の音すごし。今日は浦人《うらびと》も城下に出でず、城下より嶋《しま》へ渡《わた》る者もなければ渡舟《おろし》頼《たの》みに来る

千尋の底　きわめて深い海の底。

者もなし。夜《よ》に入りて波ますます狂《くる》ひ波止場《はとば》の崩《くづ》れしかと怪《あや》しまるる音せり。

朝まだき、東の空やうやく白みしころ、人々皆《みな》起きいでて合羽《かつぱ》を着、灯灯《ちやうちん》つけ舷灯《げんとう》携《たづさ》へなどして波止場に集まりぬ。波止場は事《こと》なかりき。風落ちたれど波なほ高く沖《おき》は雷《らい》のとどろくやうなる音し磯打つ波くだけて飛沫《しぶき》雨のごとし。人々荒跡《あれあと》を見回るうち小舟《こぶね》一艘《さう》岩の上に打ち上げられて半《なか》ばくだけしまま残れるを見出だしぬ。

「誰《たれ》の舟《ふね》ぞ。」問屋《とひや》の主人《あるじ》らしき男問ふ。

「源叔父の舟にまぎれなし。」若者の一人答へぬ。人々顔見合はして言葉なし。

「誰《た》れにてもよし源叔父呼び来たらずや。」

「われ行かん。」若者は舷灯を地に置きて走りゆきぬ。十歩の先すでに見るべし。道に差し出でし松が枝《え》より怪《あや》しき物さがれり。胆《きも》太き若者はづかづかと寄りて眼《まなこ》定めて見たり。くびれるは源叔父なりき。

桂港《かつらみなと》にほど近き山ふところに小さき墓地ありて東に向かひぬ。源叔父の

合羽
木綿《もめん》や桐油紙《とうゆがみ》などで作った、マント状の防寒具または雨具。

くびれる
首をくくって死んでいる。

妻ゆり独《ひと》り子幸助《ごかうすけ》の墓みなこのところにあり。「池田源太郎之墓《いけだげんたらうのはか》」と書きし墓標《ぼへう》またここに建てられぬ。幸助を中にして三つの墓並び、冬の夜《よ》はみぞれ降ることもあれど、都なる年若き教師は源叔父《げんをぢ》今もなほ一人さみしく磯辺《いそべ》に暮らし妻子《つまこ》のこと思ひて泣きつつありとひとへに哀《あは》れがりぬ。

紀州《きしう》は同じく紀州なり、町のものよりは佐伯付属《さいきふぞく》の品とし視《み》らるること前のごとく、墓より脱《ぬ》け出《い》でし人のやうにこの古城市《こじやうし》の夜半《よは》にさまよふこと前のごとし。ある人かれに向かひて、源叔父はくびれて死にたりと告げしに、かれはただその人の顔をうち守りしのみ。

顔をうち守りしのみ　顔をじっと見守るだけだった。

武蔵野《むさしの》

一

「＊武蔵野《むさしの》のおもかげは今わづかに＊入間郡《いるまごほり》に残れり」と自分は＊文政《ぶんせい》年間にできた地図で見たことがある。そしてその地図に入間郡「＊小手指原《こてさしはら》　＊久米《くめ》川は古戦場なり＊太平記＊元弘《げんこう》三年五月十一日＊源平小手指原にて戦ふ事一日か内に三十余たび＊日暮れは平家三里退きて久米川に陣《じん》を取る＊明くれは源氏久米川の陣へ押し寄せると載《の》せたるはこのあたりなるべし」と書き込《こ》んであるのを読んだことがある。自分は武蔵野の跡《あと》のわずかに残っているところとは定めてこの古戦場あたりではあるまいかと思って、一度行ってみるつもりでいてまだ行かないが実際は今もやはりそのとおりであろうかと危ぶんでいる。ともかく、画《え》や歌でばかり想像している武蔵野をそのおもかげばかりでも見たいものとは自分ばかりの願いではあるまい。＊それほどの武蔵野が今ははたしていかがであるか、自分は詳《くわ》しくこの問いに答えて自分を満足させたいとの望みを起

武蔵野　関東平野の一部で、今の埼玉《さいたま》県川越《かわごえ》市より南、東京都府中《ふちゅう》市までの間にひろがる地域。

入間郡　今の埼玉県入間郡一帯の地域を言う。

文政　江戸《えど》時代後期の一八一八年から一八三〇年までの年号。

小手指原　今の埼玉県所沢《ところざわ》市の南西部の平野。

久米川

こしたことは実に一年前のことであって、今はますますこの望みが大きくなってきた。

さてこの望みがはたして自分の力で達せらるるであろうか。自分はできないとは言わぬ。容易でないと信じている、それだけ自分は今の武蔵野に＊趣味《しゅみ》を感じている。多分同感の人も少なからぬことと思う。

それで今、少しく端緒《たんちょ》をここに開いて、秋から冬へかけての自分の見て感じたところを書いて自分の望みの一少部分をはたしたい。まず自分がかの問いに下すべき答えは武蔵野の美今も昔に劣《おと》らずとの一語である。昔の武蔵野は実地見てどんなに美であったことやら、それは想像にも及《およ》ばんほどであったに相違《そうい》あるまいが、自分が今見る武蔵野の美しさはかかる＊誇張《こちょう》的の断案を下さしむるほどに自分を動かしているのである。自分は武蔵野の美といった、美といわんよりむしろ＊詩趣《ししゅ》といいたい、そのほうが適切と思われる。

今の東京都東《ひがし》村山《むらやま》市久米川町、またそこを流れる柳瀬川の別名。

太平記　軍記物語の一つ。

元弘　鎌倉《かまくら》時代最末期の一三三一年から一三三四年までの年号。

源平　源氏と平氏。

日暮れは　日が暮れると。

明くれは　翌朝になると。

それほどの武蔵野が　それすら昔のおもかげが残って

二

そこで自分は材料不足のところから自分の日記を種にしてみたい。自分は二十九年の秋の初めから春の初めまで、*渋谷《しぶや》村の小さな*茅屋《ぼうおく》に住んでいた。自分がかの望みを起こしたのもその時のこと、また秋から冬のことのみを今書くというのもそのわけである。

九月七日――「昨日も今日も南風強く吹《ふ》き雲を送りつ雲を払《はら》ひつ、雨*降りみ降らずみ、日光雲間をもるるとき*林影《りんえい》一時に煌《きら》めく、――」

これが今の武蔵野《むさしの》の秋の初めである。林はまだ夏の緑のそのままでありながら空模様が夏と全く変わってきて雨雲の南風につれて武蔵野の空低くしきりに雨を送るその晴れ間には日の光水気《すいき》を帯びてかなたの林に落ちこなたの杜《もり》にかがやく。自分はしばしば思った、こんな日に武蔵野を大観することができたらいかに美しいことだろうかと。二日おいて九日の日記にも「風強く

いるかどうかわからないような武蔵野が。

趣味　おもむき。味わい。

かかる誇張的の断案　武蔵野の美が今も昔に劣《おと》らないという誇張《こちょう》を含んだ断定。

詩趣　詩にうたっているのと同じような美しい味わい。

60・61……

渋谷村　今の東京都渋谷区の一部。

茅屋

*秋声野《や》にみつ、*浮雲変幻《ふうんへんげん》たり」とある。ちょうどこのころはこんな天気が続いて大空と野との景色が間断なく変化して日の光は夏らしく雲の色風の音は秋らしくきわめて趣味《しゅみ》深く自分は感じた。

まずこれを今の武蔵野の秋の発端《ほったん》として、自分は冬の終わるころまでの日記を左に並べて、変化の大略と光景の要素とを示しておかんと思う。

九月十九日――「朝、空曇《くも》り風死す、冷霧寒露《れいむかんろ》、虫声しげし、天地の心なほ目さめぬがごとし。」

同二十一日――「秋天拭《ぬぐ》ふがごとし、木葉火のごとくかがやく。」

十月十九日――「月明らかに林影黒し。」

同二十五日――「朝は霧《きり》深く、午後は晴る、夜に入りて雲の絶え間の月さゆ。朝まだき霧の晴れぬ間に家を出《い》で野を歩み林を訪《と》ふ。」

同二十六日――「午後林を訪ふ。林の奥《おく》に座して*四顧《しこ》し、傾聴《けいちやう》し、*睇視《ていし》し、*黙想《さう》す。」

十一月四日――「天高く気澄《す》む、夕暮れに独り風吹く野に立てば、*天外の富士《ふじ》

あばらや。自宅をへりくだって言う言い方。

降りみ降らずみ　降ったりやんだり。

林影一時に煌めく　日光が射《さ》して林が一時にぱっと明るく輝《かがや》いた。

秋声野にみつ　秋風の音が武蔵野に満ちている。

浮雲変幻たり　空に浮《う》かんだ雲があらわれたかと思うとすぐ消えたりする。

四顧し　あたりを見まわし。

近く、*国境をめぐる連山地平線上に黒し。星光一点、暮色《ぼしょく》やうやく到《いた》り、林《りん》影《えい》*やうやく遠し。」

同十八日——「*月を踏《ふ》んで散歩す、*青煙《せいえん》地を這《は》ひ月光林に砕《くだ》く。」

同十九日——「天晴れ、風清く、露《つゆ》冷ややかなり。*満目黄葉の中《うち》緑樹を雑《まじ》ゆ。小鳥梢《こずゑ》に*囀《てん》ず。一路人影《じんえい》なし。独り歩み*黙思口吟《もくしこうぎん》し、足にまかせて近郊《きんこう》をめぐる。」

同二十二日——「夜更《ふ》けぬ、戸外は林をわたる風声ものすごし。*滴声頻《てきせいしきり》なれども雨はすでに止《や》みたりとおぼし。」

同二十三日——「昨夜の風雨にて木葉ほとんど揺落《えうらく》せり。稲田《いなだ》もほとんど刈《か》り取らる。冬枯《が》れの淋《さび》しき様となりぬ。」

同二十四日——「木葉未《いま》だ全く落ちず。遠山を望めば、心も消え入らんばかり懐《なつ》かし。」

同二十六日——夜十時記す「屋外は風雨の声ものすごし。滴声相応ず。今日は終日霧《きり》たちこめて野や林や永久《とこしへ》の夢に入りたらんごとく、午後犬を伴《ともな》ふて散

睥視し　目を細めて見て。
黙想す　黙《だま》って思いにふけった。
天外　きわめて遠い所。

62・63……
国境　武蔵《むさし》国（今の東京都・埼玉《さいたま》県の大部分・神奈川《かながわ》県北東部）と甲《か》斐《い》国（今の神奈川県の大部分）などとの国境。
やうやく　だんだん。次第《しだい》に。
月を踏んで　月の光のさして

歩す。林に入り黙座《もくざ》す。犬眠《ねむ》る。水流林より出《い》でて林に入る。落葉を浮《う》かべて流る。をりをり時雨《しぐれ》しめやかに林を過ぎて落葉の上をわたりゆく音静かなり。」

同二十七日――「昨夜の風雨は今朝なごりなく晴れ、日うららかに昇《のぼ》りぬ。屋*後《をくご》の丘《おか》に立つて望めば富士山真白《ふじさんましろ》に連山の上に聳《そび》ゆ。風清く気澄《す》めり。げに初冬の朝なるかな。

田面《たおも》に水あふれ、林影倒《さかしま》に映れり。」

十二月二日――「今朝霜《しも》、雪のごとく朝日にきらめきて美事《みごと》なり。しばらくして薄雲《うすぐも》かかり日光寒し。」

同二十二日――「雪初めて降る。」

三十年一月十三日――「夜更《ふ》けぬ。風死し林黙《もく》す。雪しきりに降る。灯をかかげて戸外をうかがふ、降雪火影《ほかげ》にきらめきて舞《ま》ふ。ああ武蔵野沈黙《むさしのちんもく》す。而《しか》も耳を澄ませば遠きかなたの林をわたる風の音す、果たして風声か。」

同十四日――「今朝大雪、葡萄棚《ぶだうだな》堕《お》ちぬ。

いる所を踏んで。

青煙地を這ひ　月光を受けて青い霧《きり》が地面の上をただよい。

満目　見わたす限り。

囀ず　しきりに鳴き続ける。

黙思口吟　物思いにふけりながら詩歌などを口ずさむこと。

滴声　雨だれのしたたり落ちる音。

屋後　自宅のうしろ。

夜更《ふ》けぬ。梢《こずゑ》をわたる風の音遠く聞こゆ、ああこれ武蔵野《むさしの》の林より林をわたる冬の夜寒《よさむ》の凩《こがらし》なるかな。雪どけの滴声軒《てきせいのき》をめぐる。」
同二十日――「美しき朝。空は*片雲《へんうん》なく、地は霜柱《しもばしら》白銀のごとくきらめく。小鳥梢に囀《てん》ず。*梢頭針《せうとう》のごとし。」
二月八日――「梅咲きぬ。月やうやく美なり。」
三月十三日――「夜十二時、月傾《かたむ》き風急に、雲わき、林鳴る。」
同二十一日――「夜十一時、屋外の風声をきく、たちまち遠くたちまち近し。春*や襲《おそ》ひし、冬や遁《のが》れし。」

三

昔の武蔵野は*萱原《かやはら》のはてなき光景をもって*絶類の美を鳴らしていたように言い伝えてあるが、今の武蔵野は林である。林は実に今の武蔵野の特色といってもよい。すなわち木はおもに*楢《なら》の類《たぐい》で冬はことごとく落葉し、春は滴《したた》

片雲　ちぎれ雲。
梢頭針のごとし　落葉した木の梢の先が針のように鋭くのびている。
春や襲ひし、冬や遁れし　春がやって来たのだろうか、冬が逃《に》げ去っていったのだろうか。
萱原　萱（ススキ・ヨシ・チガヤ・カルカヤなどの総《そう》称《しょう》）の生えている原。
絶類

るばかりの新緑萌《も》え出《い》づるその変化が*秩父嶺《ちちぶれい》以東十数里の野一斉《いっせい》に行われて、春夏秋冬を通じ霞《かすみ》に雨に月に風に霧《きり》に時雨《しぐれ》に雪に、緑陰《りょくいん》に紅葉に、さまざまの光景を呈《てい》するその妙《みょう》はちょっと西国地方また東北の者には解しかねるのである。元来日本人はこれまで楢の類の落葉林の美をあまり知らなかったようである。林といえばおもに松林のみが日本の文学美術の上に認められていて、歌にも楢林の奥《おく》で時雨を聞くというようなことは見あたらない。自分も西国に人となって少年の時学生として初めて東京に上ってから十年になるが、かかる落葉林の美を解するに至ったのは近来のことで、それも左《さ》の文章が大いに自分を教えたのである。

「秋九月中旬というころ、一日《あるひ》自分がさる*樺《かば》の林の中に座していたことがあッた。今朝から小雨《こさめ》が降りそそぎ、その晴れ間にはおりおりなま暖かな日かげも射《さ》してまことに気まぐれな*空合い。あわあわしい白雲《しらくも》が空一面に棚引《たなび》くかと思うと、フトまたあちこちまたたくま雲切れがして、無理に押《お》し分けたような雲間から澄《す》みて*さかし気《げ》に見える人の目のごとくに朗《ほが》らかに晴れた

比べるものがないほど優《すぐ》れていること。

楢
ブナ科の落葉高木（コナラ・ミズナラ・クヌギなど）の総称。

秩父嶺
埼玉《さいたま》・群馬・長野・山梨《やまなし》・東京の一都四県にまたがる秩父山地。金峰山・甲武信《こぶし》岳・雲取《くもとり》山など、二千メートルをこす山々が連なる。

樺
シラカバ。寒冷地では平地に林

蒼空《あおぞら》がのぞかれた。自分は座して、四顧《しこ》して、そして耳を傾《かたむ》けていた。木の葉が頭上で幽《かす》かにそよいだが、その音を聞いたばかりでも季節は知られた。それは春先する、おもしろそうな、笑うようなさざめきでもなく、夏のゆるやかなそよぎでもなく、ながたらしい話し声でもなく、また末の秋のおどおどした、うそさぶそうなおしゃべりでもなかったが、ただようやく聞き取れるか聞き取れぬほどのしめやかなささやきの声であった。そよ吹《ふ》く風は忍《しの》ぶようにこずえを伝ッた、照ると曇《くも》るとで雨にじめつく林の中のようすが間断なく移り変わッた、あるいはそこにありとあるものすべて一時に微笑《びしょう》したように、*くまなくあかみわたッて、*さのみ繁《しげ》くもない樺《かば》のほそぼそとした幹は思いがけずも白絹めく、やさしい光沢《こうたく》を帯び、地上に散りしいた、細かな落ち葉はにわかに日に映じてまばゆきまでに金色を放ち、頭をかきむしッたような『パアポロトニク』(蕨《わらび》の類《たぐい》)のみごとな茎《くき》、しかも*熟《つ》え過ぎた葡萄《ぶどう》めく色を帯びたのが、際限もなくもつれつからみつして目前に透《す》かして見られた。あるいはまたあたり一面にわかに薄暗《うすぐら》くなりだして、またたくまに物のあ*

をつくる。

空合い
空模様。

さかし気に見える人
利口そうに見える人。

66・67 くまなくあかみわたッて
すみずみまで一面に明るく輝《かがや》いていて。

さのみ
さほど。そんなに。

いろも見えなくなり、樺の木立ちも、降り積ッたままでまた日の目に逢《あ》わぬ雪のように、白くおぼろに霞《かす》む——と小雨《こさめ》が忍びやかに、怪《あや》し気《げ》に、私語するようにバラバラと降ッて通ッた。樺の木の葉は著《いちじる》しく光沢が褪《さ》めてもさすがになお青かッた、がただそちこちに立つ稚木《わかぎ》のみはすべて赤くも黄いろくも色づいて、おりおり日の光が今雨に濡《ぬ》れたばかりの細枝の繁みを漏《も》れて滑《すべ》りながらに脱《ぬ》けてくるのをあびては、キラキラときらめいた。」

すなわちこれは*ツルゲーネフの書きたるものを*二葉亭《ふたばてい》が訳して*『あいびき』と題した短編の冒頭《ぼうとう》にある一節であって、自分がかかる落葉林の趣《おもむき》を解するに至ったのはこの微妙《びみょう》な叙景《じょけい》の筆の力が多い。これは露西亜《ロシア》の景でしかも林は樺の木で、武蔵野《むさしの》の林は楢《なら》の木、*植物帯からいうとはなはだ異《ちが》っているが落葉林の趣は同じことである。自分はしばしば思うた、もし武蔵野の林が楢の類《たぐい》でなく、松か何かであったらきわめて平凡《へいぼん》な変化に乏《とぼ》しい色彩《しきさい》一様なものとなって左《さ》まで珍重《ちんちょう》するに足らないだろうと。

楢の類だから黄葉する。黄葉するから落葉する。時雨《しぐれ》がささやく。凩《こがらし》が

熟え過ぎた　熟しきった。

あいろ　ものの様子。ものの区別。文色《あや》。

ツルゲーネフ　(一八一八～一八八三)ロシアの小説家、詩人。

二葉亭　二葉亭四迷《しめい》(一八六四～一九〇九)。小説家。

『あいびき』　(一八八八)ツルゲーネフ『猟人《りょうじん》日記』の中の一編の翻訳《ほんやく》。

植物帯　おもに温帯の山地に見られる植

叫《さけ》ぶ。一陣《いちじん》の風小高い丘《おか》を襲《おそ》えば、幾《いく》千万の木の葉高く大空に舞《ま》うて、小鳥の群れかのごとく遠く飛び去る。木の葉落ちつくせば、数十里の方域にわたる林が一時にはだかになって、蒼《あお》ずんだ冬の空が高くこの上に垂れ、武蔵野《むさしの》一面が一種の沈静《ちんせい》に入る。空気が一段澄《す》みわたる。遠い物音が鮮《あざ》やかに聞こえる。自分は十月二十六日の記に、林の奥《おく》に座して四顧《しこ》し、傾聴《けいちょう》し、睇視《ていし》し、黙想《もくそう》すと書いた。『あいびき』にも、自分は座して、四顧して、そして耳を傾《かたむ》けたとある。この耳を傾けて聞くということがどんなに秋の末から冬へかけての、今の武蔵野の心にかなっているだろう。秋ならば林のうちより起こる音、冬ならば林のかなた遠く響《ひび》く音。

　鳥の羽音、囀《さえず》る声。風のそよぐ、鳴る、うそぶく、叫ぶ声。くさむらの陰《かげ》、林の奥に*すだく虫の音。空車《からぐるま》荷車の林をめぐり、坂を下り、野路を横ぎる響き。ひづめで落葉をけちらす音、これは騎兵《きへい》演習の*斥候《せっこう》か、さなくば夫婦連れで遠乗りに出かけた外国人である。何事をか声高《こわだか》に話しながらゆく村の者の*だみ声、それもいつしか、遠ざかりゆく。独りさびしそうに道をいそぐ女

物の帯状の分布。下方から上方に山麓《さんろく》帯・山地帯・亜高山帯・高山帯のように配列する。

68・69

すだく　虫が集まって鳴く。

斥候　敵状・地形などの状況の偵察《ていさつ》のため、部隊から派遣《はけん》する少数の兵士。

だみ声　なまった声。

の足音。遠く響く砲声《ほうせい》。隣《となり》の林でだしぬけに起こる銃音《つつおと》。自分が一度犬をつれ、近処《きんじょ》の林を訪《おとな》い、切り株に腰《こし》をかけて書《ほん》を読んでいると、突然林の奥で物の落ちたような音がした。足もとにねていた犬が耳を立ててきっとその方を見つめた。それぎりであった。多分栗《くり》が落ちたのであろう、武蔵野には栗樹《くりのき》もずいぶん多いから。

　もしそれ時雨《しぐれ》の音に至ってはこれほど*幽寂《ゆうじゃく》のものはない。*山家《やまが》の時雨は我《わ》が国でも和歌の題にまでなっているが、広い、広い、野末から野末へと林を越《こ》え、杜《もり》を越え、田を横ぎり、また林を越えて、しのびやかに通りゆく時雨の音のいかにも幽《しず》かで、また鷹揚《おうよう》な趣《おもむき》があって、優《やさ》しくゆかしいのは、実に武蔵野の時雨の特色であろう。自分がかつて北海道の深林で時雨にあったことがある、これはまた人跡《じんせき》絶無の大森林であるからその趣はさらに深いが、そのかわり、武蔵野の時雨のさらに人なつかしく、ささやくがごとき趣はない。

　秋の中ごろから冬の初め、試みに*中野あたり、あるいは渋谷《しぶや》、*世田ケ谷《せたがや》、

幽寂　奥深くて物静かなこと。
山家　山中や山里にある家。
中野　今の東京都中野区の南半分にあたる。
世田ケ谷　今の東京都世田谷区世田谷付近にあたる。

または＊小金井《こがねい》の奥《おく》の林を訪《おとな》うて、しばらく座《すわ》って散歩の疲《つか》れを休めてみよ。これらの物音、たちまち起こり、たちまち止《や》み、しだいに近づき、しだいに遠ざかり、頭上の木の葉風なきに落ちてかすかな音をし、それも止んだ時、自然の静粛《せいしゅく》を感じ、永遠《エタルニテー》の呼吸身に迫《せま》るを覚ゆるであろう。武蔵野《むさしの》の冬の夜更《ふ》けて＊星斗闌干《せいとらんかん》たる時、星をも吹《ふ》き落としそうな＊野分《のわき》がすさまじく林をわたる音を、自分はしばしば日記に書いた。風の音は人の思いを遠くにいざなう。自分はこのものすごい風の音のたちまち近くたちまち遠きを聞いては、遠い昔からの武蔵野の生活を思いつづけたこともある。

＊熊谷直好《くまがいなおよし》の和歌に、

　よもすから木葉かたよる音きけは
　　しのひに風のかよふなりけり

というがあれど、自分は山家《やまが》の生活を知っていながら、この歌の心をげにもと感じたのは、実に武蔵野の冬の＊村居《そんきょ》の時であった。

林に座っていて日の光のもっとも美しさを感ずるのは、春の末より夏の初

小金井　今の東京都小金井市。

星斗闌干　星が輝《かがや》いてきらきらするさま。

野分　九月ごろに吹くつよい風。

熊谷直好　(一七八二〜一八六二)江《え》戸《ど》時代末期の歌人・国学者。

村居　いなか住まい。

めであるが、それは今ここには書くべきでない。その次は黄葉の季節である。半ば黄いろく半ば緑な林の中に歩いていると、澄《す》みわたった大空が梢々《こずえこずえ》のすきまからのぞかれて日の光は風に動く葉末葉末に砕《くだ》け、その美しさ言いつくされず。日光*とか碓氷《うすい》*とか、天下の名所はともかく、武蔵野のような広い平原の林がくまなく染まって、日の西に傾《かたむ》くとともに一面の火花*を放つというも特異の美観ではあるまいか。もし高きに登って一目にこの大観を占《し》めることができるならこの上もないこと、よし*それができがたいにせよ、平原の景の単調なるだけに、人をしてその一部を見て全部の広い、ほとんど限りない光景を想像さするものである。その想像に動かされつつ夕照《ゆうひ》に向かって黄葉の中を歩けるだけ歩くことがどんなにおもしろかろう。林がつきると野に出る。

四

十月二十五日の記に、野を歩み林を訪《と》うと書き、また十一月四日の記には、

日光　今の栃木《とちぎ》県日光市。
碓氷　群馬県と長野県との境にある碓氷峠《とうげ》。
火花を放つ　黄葉した林が夕日を浴びて輝いている。
よし　たとえ。

夕暮れに独り風吹《ふ》く野に立てばと書いてある。そこで自分は今一度ツルゲーネフを引く。

「自分はたちどまった、花束を拾い上げた、そして林を去ッてのらへ出た。日は青々とした空に低く漂《ただよ》ッて、射《さ》す影《かげ》も蒼《あお》ざめて冷やかになり、照るとはなくただジミな水色のぼかしを見るように四方にみちわたった。日没にはまだ半時間もあろうに、モウゆうやけがほの赤く*天末を染めだした。黄いろく*からびた刈《か》り株《かぶ》をわたッて烈《はげ》しく吹きつける野分《のわき》に催《もよお》されて、そりかえッた細かな落ち葉があわただしく起き上がり、林に沿うた往来を横ぎって、自分の側《わき》を駈《か》け通ッた、のらに向かッて壁《かべ》のようにたつ林の一面はすべてざわざわざわつき、細末の玉の屑《くず》を散らしたようにきらめきはしないがちらついていた。また枯《か》れ草、*はぐさ、わらの*きらいなくそこら一面にからみついた蜘蛛《くも》の巣は風に吹きなびかされて波たッていた。

自分はたちどまった……心細くなってきた、目にさえぎる物象はサッパリとはしていれど、おもしろ気《げ》もおかし気《げ》もなく、さびれはてたうちにも、ど

天末　地平線近くの空。
からびた　乾《かわ》いて水気がなくなった。
はぐさ　水田に生えて作物を害する雑草。ヒエ・エノコログサの類。
きらいなく　区別なく。

うやら間近になッた冬のすさまじさが見透《す》かされるように思われて。小心な鴉《からす》が重そうに羽ばたきをして、はげしく風を切りながら、頭上を高く飛びすぎたが、フト首をめぐらして、横目で自分をにらめて、急に飛び上がッて、声をちぎるようになきわたりながら、林の向こうへかくれてしまッた。鳩《はと》が幾羽《いくわ》ともなく群れをなして勢いこんで穀倉《こくそう》の方から飛んできた、がフト柱*を建てたように舞《ま》い昇《のぼ》ッて、さてパッと一斉《いっせい》に野面《のづら》に散ッた――アア秋だ！　誰《だれ》だかはげ山の向こうを通ると見えて、から車の音が虚空《こくう》に響《ひび》きわたッた……」

これは露西亜《ロシア》の野であるが、我《わ》が武蔵野《むさしの》の野の秋から冬へかけての光景も、おおよそこんなものである。武蔵野には決してはげ山はない。しかし大洋のうねりのように高低起伏《きふく》している。それも外見には一面の平原のようで、むしろ高台のところどころが低くくぼんで小さな浅い谷をなしているといったほうが適当であろう。この谷の底はたいがい水田である。畑はおもに高台にある、高台は林と畑とでさまざまの区画をなしている。畑はすなわち野であ

柱を建てたように舞い昇ッて　円柱を建てたように鳩がまるく輪を描《えが》いて舞いあがっていって。

る。されば林とても数里にわたるものなく否《いな》、恐《おそ》らく一里にわたるものもあるまい、畑とても一*畝《ぼう》数里に続くものはなく一座の林の周囲は畑、一*頃《けい》の畑の三方は林、というような具合で、農家がその間に散在してさらにこれを分《ぶん》割《かつ》している。すなわち野やら林やら、ただ乱雑に入り組んでいて、たちまち林に入るかと思えば、たちまち野に出るというようなふうである。それがまた実に武蔵野《むさしの》に一種の特色を与えていて、ここに自然あり、ここに生活あり、北海道のような自然そのままの大原野大森林とは異なっていて、その趣《おもむき》も特異である。

稲《いね》の熟するころとなると、谷々の水田が黄ばんでくる。稲が刈《か》り取られて林の影《かげ》が倒《さか》さに田面《たのも》に映るころとなると、大根畑の盛りで、大根がそろそろ抜《ぬ》かれて、かなたこなたの水ため*またはは小さな流れのほとりで洗われるようになると、野は麦の新芽で青々となってくる。あるいは麦畑の一端《いったん》、野原のままで残り、*尾花《おばな》野菊《のぎく》が風に吹《ふ》かれている。萱原《かやはら》の一端がしだいに高まって、そのはてが*天際《てんさい》をかぎっていて、そこへ*爪先《つまさき》あがりに登って見ると、林の絶

一畝　一目に見渡《わた》すこと。一望。

一頃　中国の土地面積（地積）の単位。百畝《せ》。時代によって異なるが大体六ヘクタール前後。

水ため　水を溜《た》めておく所。

尾花　ススキの穂《ほ》、またはススキ。

天際　天のはて。空のかなた。

爪先あがりに　次第《しだい》にのぼりに

え間を国境に連なる秩父《ちちぶ》の諸嶺《しょれい》が黒く横たわッていて、あたかも地平線上を走ってはまた地平線下に没《ぼっ》しているようにも見える。さてこれよりまた畑の方へ下るべきか。あるいは畑のかなたの萱原に身を横たえ、強く吹く北風を、積み重ねた枯草《かれくさ》でよけながら、南の空をめぐる日のぬるき光に顔をさらして畑の横の林が風にざわつききらめき輝《かがや》くのを眺《なが》むべきか。あるいはまた直ちにかの林へとゆく路《みち》をすすむべきか。自分はかくためらったことがしばしばある。自分は困ったか否《いな》、決して困らない。自分は武蔵野を縦横に通じている路は、どれを選んで行っても自分を失望ささないことを久しく経験して知っているから。

なっている道に沿って。

五

自分の朋友《ほうゆう》がかつてその郷里から寄せた手紙の中に「この間も一人夕方に萱原を歩みて考え申し候《そうろう》、この野の中に縦横に通せる十数の径《みち》の上を何百年の昔よりこのかた朝の露《つゆ》*さやけしといいては出《い》で夕の雲花やかなりといいては*あこがれ何百人の*あわれ知る人や*逍遥《しょうよう》しつらん相にくむ人は相避《さ》けて異なる道をへだたりて往《ゆ》き相愛する人は相合して同じ道を手に手とりつつかえりつらん」との一節があった。野原の径《みち》を歩みてはかかる*いみじき想も起こるならんが、武蔵野《むさしの》の路《みち》はこれとは異なり、相逢《あ》わんとて往くとても逢いそこね、相避《さ》けんとて歩むも林の回り角で突然《とつぜん》出逢うことがあろう。されば路という路、右にめぐり左に転じ、林を貫《つらぬ》き、野を横ぎり、まっすぐなること鉄道線路のごときかと思えば、東よりすすみてまた東にかえるような迂回《うかい》の路もあり、林にかくれ、谷にかくれ、野に現れ、また林にかくれ、野原の路のようによく遠くの別路ゆく人影《ひとかげ》を見ることは容易でない。しかし野原の径の想《おもい》にもまして、武蔵野《むさしの》の路にはいみじき実がある。

　武蔵野に散歩する人は、道に迷うことを苦にしてはならない。どの路でも足の向く方へゆけば必ずそこに見るべく、聞くべく、感ずべき獲物《えもの》がある。武蔵野の美はただその縦横に通ずる数千条の路をあてもなく歩くことによっ

さやけし　あざやかである。
あこがれ　さまよい出て。
あわれ知る　ものの情緒《じょうちょ》がわかる。
逍遥しつらん　あちらこちら散歩しただろう。
いみじき想　おもむきの深い想像。

てはじめて獲《え》られる。春、夏、秋、冬、朝、昼、夕、夜、月にも、雪にも、風にも、霧《きり》にも、霜《しも》にも、雨にも、時雨《しぐれ》にも、ただこの路をぶらぶら歩いて思いつきしだいに右し左すれば随処《ずいしょ》に吾《われ》らを満足さするものがある。これが実にまた、武蔵野第一の特色だろうと自分はしみじみ感じている。武蔵野を除《のぞ》いて日本にこのような処《ところ》がどこにあるか。北海道の原野にはむろんのこと、*那須野《なすの》にもない、そのほかどこにあるか。林と野とがかくもよく入り乱れて、生活と自然とがこのように密接している処がどこにあるか。実に武蔵野にかかる特殊《とくしゅ》の路のあるのはこのゆえである。

されば君もし、一の小径を往き、たちまち三条《すじ》に分かるる処に出たなら困るに及《およ》ばない、君の杖《つえ》を立ててその倒《たお》れた方に往きたまえ。あるいはその路が君を小さな林に導く。林の中ごろに到《いた》ってまた二つに分かれたら、その小なる路を選んでみたまえ。あるいはその路が君を妙《みょう》な処に導く。これは林の奥《おく》の古い墓地で苔《こけ》むす墓が四つ五つ並んでその前に少しばかりの空地があって、その横の方に女郎花《をみなえし》など咲いていることもあろう。頭の上の梢《こずえ》で小鳥が

那須野　栃木県《とちぎ》北東部の那珂川《なか》と箒川《ほうき》との間に位置する扇状の土地。

鳴いていたら君の幸福である。すぐ引きかえして左の路《みち》を進んでみたまえ。たちまち林が尽《つ》きて君の前に見わたしの広い野が開ける。足元から少しだらだら下がりになり萱《かや》が一面に生え、尾花《おばな》の末が日に光っている、萱原の先が畑で、畑の先に背の低い林が一むら繁《しげ》り、その林の上に遠い杉《すぎ》の小杜《こもり》が見え、地平線の上に淡々《あわあわ》しい雲が集まっていて雲の色にまがいそうな連山がその間に少しずつ見える。十月小春*の日の光のどかに照り、小気味よい風がそよそよと吹《ふ》く。もし萱原の方へ下りてゆくと、今まで見えた広い景色がことごとく隠《かく》れてしまって、小さな谷の底に出るだろう。思いがけなく細長い池が萱原と林との間に隠《かく》れていたのを発見する。水は清く澄《す》んで、大空を横ぎる白雲の断片を鮮《あざ》やかに映している。水のほとりには枯《か》れ蘆《あし》が少しばかり生えている。この池のほとりの径《みち》をしばらくゆくとまた二つに分かれる。右にゆけば林、左にゆけば坂。君は必ず坂をのぼるだろう。とかく武蔵野《むさしの》を散歩するのは高い処《ところ》高い処と選びたくなるのはなんとかして広い眺望《ちょうぼう》を求むるからで、それでその望みは容易に達せられない。見下ろすような眺望は決してできな

小春　陰暦《いんれき》十月の異《い》称《しょう》。

い。それは初めからあきらめたがいい。

もし君、何かの必要で道を尋《たず》ねたく思わば、畑の真中にいる農夫にききたまえ。農夫が四十以上の人であったら、大声をあげて尋ねてみたまえ、驚《おどろ》いてこなたを向き、大声で教えてくれるだろう。もし少女《おとめ》であったら近づいて小声できぎたまえ。もし若者であったら、帽《ぼう》を取って慇懃《いんぎん》に問いたまえ。鷹《おう》揚《よう》に教えてくれるだろう。怒《おこ》ってはならない、これが東京近在の若者の癖《くせ》であるから。

教えられた道をゆくと、道がまた二つに分かれる。教えてくれたほうの道はあまりに小さくて少し変だと思ってもそのとおりにゆきたまえ、突然《とつぜん》農家の庭先に出るだろう。はたして変だと驚いてはいけぬ。その時農家で尋ねてみたまえ、門を出るとすぐ往来ですよと、すげなく答えるだろう。農家の門を外に出て見るとはたして見覚えある往来、なるほどこれが近路だなと君は思わず微笑《びしょう》をもらす、その時初めて教えてくれた道のありがたさがわかるだろう。

まっすぐな路《みち》で両側とも十分に黄葉した林が四五丁も続く処《ところ》に出ることがある。この路を独り静かに歩むことのどんなに楽しかろう。右側の林の頂は夕照鮮《ゆうひあざ》やかにかがやいている。おりおり落葉の音が聞こえるばかり、あたりはしんとしていかにも淋《さび》しい。前にも後ろにも人影《ひとかげ》見えず、誰《だれ》にもあわず。もしそれが木葉落ちつくしたころならば、路は落葉に埋《うも》れて、一足ごとにがさがさと音がする、林は奥《おく》まで見すかされ、梢《こずえ》の先は針のごとく細く蒼空《あおぞら》を指している。なおさら人にあわない。いよいよ淋しい。落葉をふむ自分の足音ばかり高く、時に一羽の山鳩《やまばと》あわただしく飛び去る羽音に驚《おどろ》かされるばかり。

同じ路を引きかえして帰るは愚《ぐ》である。迷った処が今の武蔵野《むさしの》にすぎない。まさかに行き暮れて困ることもあるまい。帰りもやはりおよその方角をきめて、別な路をあてもなく歩くが妙《みょう》。そうすると思わず落日の美観をうることがある。日は富士《ふじ》の背に落ちんとして未《いま》だ全く落ちず、富士の中腹に群がる雲は黄金色に染まって、*見るがうちにさまざまの形に変ずる。連山の頂は白

見るがうちに　見ているうちに。たちまちに。

暗憺たる雲　うす暗く重くたれこめた雲。

山は暮れ野は黄昏の薄かな　江戸《えど》時代の俳人与謝蕪村《よさぶそん》の句。

寓居　仮住まい。自分の住居をへりくだって言う言い方。

三崎町　今の東京都千代田区三崎町あたり。

停車場

銀の鎖《くさり》のような雪がしだいに遠く北に走って、終わりは*暗憺《あんたん》たる雲のうちに没《ぼっ》してしまう。

日が落ちる、野は風が強く吹《ふ》く、林は鳴る、武蔵野は暮れんとする、寒さが身に沁《し》む、その時は路をいそぎたまえ、顧《かえり》みて思わず新月が枯林《こりん》の梢の横に寒い光を放っているのを見る。風が今にも梢から月を吹き落としそうである。突然《とつぜん》また野に出る。君はその時、

*山は暮れ野は黄昏《たそがれ》の薄《すすき》かな

の名句を思いだすだろう。

六

今より三年前の夏のことであった。自分はある友と市中の*寓居《ぐうきょ》を出《い》で*三《み》崎《さき》町の*停車場から*境まで乗り、そこで下りて北へまっすぐに四五丁ゆくと*桜《さくら》橋《ばし》という小さな橋がある、それを渡《わた》ると一軒《けん》の*掛茶屋《かけぢゃや》がある、この茶屋の婆《ばあ》

八王子まで通じていた私鉄甲武線の始発駅である飯田町停車場。今はJR中央線の貨物駅になっている。

境　甲武線境駅。今のJR中央線武蔵境駅。

桜橋　東京都武蔵野市境と関前との間を流れる玉川上水にかかっている橋。

掛茶屋　路傍《ろぼう》で休息する人に湯茶などを出す店。茶店。

さんが自分に向かって、「今時分、何にしに来ただア。」と問うたことがあった。

自分は友と顔見合わせて笑って、「散歩に来たのよ、ただ遊びに来たのだ。」と答えると、婆《ばあ》さんも笑って、それも馬鹿《ばか》にしたような笑いかたで、「桜は春咲《さ》くこと知らねえだね。」と言った。そこで自分は夏の郊外《こうがい》の散歩のどんなにおもしろいかを婆さんの耳にもわかるように話してみたがむだであった。東京の人はのんきだという一語で消されてしまった。自分らは汗《あせ》をふきふき、婆さんがむいてくれる甜瓜《まくわうり》を食い、茶屋の横を流れる幅《はば》一尺ばかりの小さな溝《みぞ》で顔を洗いなどして、そこを立ち出でた。この溝の水はたぶん、*小金井《こがねい》の水道から引いたものらしく、よく澄《す》んでいて、青草の間を、さも心地《ここち》よさそうに流れて、おりおりこぼこぼと鳴っては小鳥が来て翼《つばさ》をひたし、喉《のど》をうるおすのを待っているらしい。しかし婆さんは何とも思わないでこの水で朝夕、鍋釜《なべかま》を洗うようであった。

茶屋を出て、自分らは、そろそろ*小金井の堤《つつみ》を、*水上《みなかみ》の方へとのぼりはじ

小金井の水道　東京都西多摩《たま》郡羽村町から新宿区四谷《よつや》まで、多摩川の水を取り入れて流れるように江戸《えど》時代につくられた玉川上水のこと。

小金井の堤　玉川上水の土手で、桜並木がある。

水上の方へ　桜橋から小金井の方へ。

めた。ああその日の散歩がどんなに楽しかったろう。なるほど小金井は桜の名所、それで夏の盛りにその堤をのこのこ歩くもよそ目《め》には愚《おろ》かに見えるだろう、しかしそれは未《いま》だ今の武蔵野《むさしの》の夏の日の光を知らぬ人の話である。

空は蒸《む》し暑い雲が湧《わ》きいでて、雲の奥《おく》に雲が隠《かく》れ、雲と雲との間の底に蒼《あお》空《ぞら》が現れ、雲の蒼空に接するところは白銀の色とも雪の色ともたとえがたき純白な透明《とうめい》な、それで何となく穏《おだ》やかな淡々《あわあわ》しい色を帯びている、そこで蒼空が一段と奥深く青々と見える。ただこれぎりなら夏らしくもないが、さて一種の濁《にご》った色のかすみのようなものが、雲と雲との間をかき乱して、すべての空の模様を動揺《どうよう》、*參差《しんし》、*任放《にんぽう》、錯雑《さくざつ》のありさまとなし、雲をつんざく光線と雲より放つ陰翳《いんえい》とがかなたこなたに交叉《こうさ》して、*不羈奔逸《ふきほんいつ》の気がいずこともなく空中に微動している。林という林、梢《こずえ》という梢、草葉の末に至るまでが、光と熱とに溶《と》けて、まどろんで、怠《なま》けて、うつらうつらとして酔《よ》っている。林の一角、直線に断《た》たれてその間から広い野が見える、野良《のら》一面、*糸遊《いとゆう》*上騰《じょうとう》して永くは見つめていられない。

參差　入りまじっているさま。
任放　まかせっきりにすること。放任。
不羈奔逸　なにものにもしばられず、自由気ままに行動すること。
糸遊　かげろう。
上騰　たちのぼること。

自分らは汗《あせ》をふきながら、大空を仰《あお》いだり、林の奥《おく》をのぞいたり、天際《てんさい》の空、林に接するあたりを眺《なが》めたりして堤《つつみ》の上をあえぎあえぎたどってゆく。苦しいか？　どうして！　身うちには健康がみちあふれている。

長堤《ちょうてい》三里の間、ほとんど人影《ひとかげ》を見ない。農家の庭先、あるいは藪《やぶ》の間から突然《とつぜん》、犬が現れて、自分らを怪《あや》しそうに見て、そしてあくびをして隠《かく》れてしまう。林のかなたでは高く羽ばたきをして雄鶏《おんどり》が時をつくる、それが米倉の壁《かべ》や杉《すぎ》の森や林や藪にこもって、ほがらかに聞こえる。堤の上にも家鶏《にわとり》の群れが幾《いく》組となく桜の陰《かげ》などに遊んでいる。水上を遠く眺《なが》めると、一直線に流れてくる水道の末は銀粉をまいたような一種の陰影《いんえい》のうちに消え、間近くなるにつれてぎらぎら輝《かがや》いて矢のごとく走ってくる。自分たちはある橋の上に立って、流れの上と流れのすそと見比べていた。光線の具合で流れの趣《おもむき》が絶えず変化している。水上が突然薄暗《うすぐら》くなるかと見ると、雲の影《かげ》が流れとともに、またたくまに走ってきて自分たちの上まで来て、ふと止まって、急に横にそれてしまうことがある。しばらくすると水上がまばゆくかがやいてきて、“——Let us match

両側の林、堤上《ていじょう》の桜、あたかも雨後の春草のように鮮《あざ》やかに緑の光を放ってくる。橋の下では何とも言いようのない優《やさ》しい水音がする。これは水が両岸に激して発するのでもなく、また浅瀬《あさせ》のような音でもない。たっぷりと水量《みずかさ》があって、それで粘土《ねんど》質のほとんど壁《かべ》を塗《ぬ》ったような深い溝《みぞ》を流れるので、水と水とがもつれてからまって、もみ合って、自ら音を発するのである。何たる人なつかしい音だろう！

"*——Let us match
This water's pleasant tune
With some old Border song, or catch,
That suits a summer's noon."

の句も思い出されて、七十二*歳《さい》の翁《おきな》と少年とが、そこら桜の木陰《こかげ》にでも座《すわ》っていないだろうかと見まわしたくなる。自分はこの流れの両側に散点する農家の者を幸福《しあわせ》の人々と思った。むろん、この堤《つつみ》の上を麦藁帽子《むぎわらぼうし》とステッキ一本で散歩する自分たちをも。

"…noon." ワーズワース（イギリスの詩人。一七七〇〜一八五〇）の詩『泉』の第二連。「心よい水の調べに合はせて、古い辺境の歌、夏の真昼にふさはしい、輪唱歌でも唄ひませうか」（田部重治訳『ワーズワース詩集』岩波文庫）

七十二歳の翁と少年　『泉』に登場して対話するマッシュー老人と私（少年）。

七

自分といっしょに小金井《こがねい》の堤を散歩した朋友《ほうゆう》は、今は*判官になって地方に行っているが、*自分の前号の文を読んで次のごとくに書いて送ってきた。自分は便利のためにこれをここに引用する必要を感ずる——武蔵野《むさしの》は俗《ぞく》にいう*関八州の平野でもない。また*道灌《どうかん》が傘《かさ》の代わりに山吹《やまぶき》の花をもらったという歴史的の原でもない。僕《ぼく》は自分で限界を定めた一種の武蔵野を有している。その限界はあたかも国境または村境が山や河や、あるいは古跡《こせき》や、いろいろのもので、定めらるるように自ら定められたもので、その定めは次のいろいろの考えからくる。

僕の武蔵野の範囲《はんい》の中には東京がある。しかしこれはむろん省かなくてはならぬ、なぜならば我々は*農商務省の*官衙《かんが》が*巍峨《ぎが》としてそびえていたり、*鉄《てっ》管《かん》事件の裁判があったりする*八百八街によって昔の面影《おもかげ》を想像することがで

判官　裁判官。

自分の前号の文　「国民之友」三百六十五号（一八九八年一月）に掲載《けいさい》した『武蔵野』（原題は『今の武蔵野』）一から五までの部分。

関八州　相模《さがみ》・武蔵《むさし》・安房《あ》・上総《かずさ》・下総《しもうさ》・上野《こうずけ》・下野《しもつけ》・常陸《ひたち》の八か国。今の関東地方。

道灌　室町《むろまち》時代の武将、歌人で江戸城を築いた太田《おおた》道灌（一四三二〜一四八六）。

きない。それに僕が近ごろ知り合いになった独乙《ドイツ》婦人の評に、東京は「新しい都」ということがあって、今日の光景ではたとえ徳川《とくがわ》の江戸《えど》であったにしろ、この評語を適当と考えられる筋もある。かようなわけで東京は必ず武蔵野から抹殺《まっさつ》せねばならぬ。

しかしその市の尽《つ》くるところ、すなわち町外れは必ず抹殺してはならぬ。僕が考えには武蔵野の詩趣《ししゅ》を描《えが》くには必ずこの町外れを一の題目とせねばならぬと思う。例えば君が住まわれた渋谷《しぶや》の*道玄坂《どうげんざか》の近傍《きんぼう》、*目黒《めぐろ》の*行人坂《ぎょうにんざか》、また君と僕と散歩したことの多い*早稲田《わせだ》の*鬼子母神《きしもじん》あたりの町、*新宿《しんじゅく》、*白金《しろがね》

……

また武蔵野の味を知るにはその野から富士山《ふじさん》、秩父《ちちぶ》山脈*国府台《こうのだい》などを眺《なが》めた考えのみでなく、またその中央に包まれている首府東京をふりかえった考えで眺めねばならぬ。そこで三里五里の外に出《い》で平原を描《えが》くことの必要がある。君の一編《ぺん》にも生活と自然とが密接しているということがあり、またときどきいろいろなものに出あうおもしろみが描いてあるが、いかにも左様《さよう》だ。

雨具のかわりに山吹の花を捧げた少女の伝説がある。

農商務省　明治、大正期の行政機関の一つ。

官衙　役所。官庁。

巍峨　山などが高くそびえているさま。

鉄管事件　明治二十八年に東京市で起こった裁判事件。

八百八街　江戸の町全体のこと。その町数の多いことを言う。八百八町。

僕《ぼく》はかつてこういうことがある、家弟《かてい》をつれて*多摩川《たまがわ》の方へ遠足したときに、一二里行き、また半里行きて家並《やな》みがあり、また家並みに離《はな》れ、また家並みに出て、人や動物に接し、また草木ばかりになる、この変化のあるのでところどころに生活を*点綴《てんてつ》している趣味《しゅみ》のおもしろいことを感じて話したことがあった。この趣味を描《えが》くために武蔵野《むさしの》に散在せる駅*、駅といかぬまでも家並み、すなわち製図家の熟語でいう*聯檐家屋《れんたんかおく》を描写《びょうしゃ》するの必要がある。

また多摩川はどうしても武蔵野の範囲《はんい》に入れなければならぬ。*六つ玉川などと我々の先祖が名づけたことがあるが武蔵の多摩川のような川が、ほかにどこにあるか。その川が平らな田と低い林とに連接するところの趣味は、あだかも首府が郊外《こうがい》と連接するところの趣味とともに無限の意義がある。

また東の方の平面を考えられよ。これはあまりに開けて水田が多くて地平線が少し低いゆえ、除外せられそうなれどやはり武蔵野に相違《そうい》ない。*亀井戸《かめいど》の*金糸堀《きんしぼり》のあたりから*木下川《きねがわ》辺へかけて、水田と立木と茅屋《ぼうおく》とが趣《おもむき》をなしているぐあいは武蔵野の一領分である。ことに富士《ふじ》でわかる。富士を高く見せ

道玄坂　今の東京都渋谷《しぶや》区、JR渋谷駅から西の方にのぼる坂。

目黒　今の東京都目黒区の一部。

行人坂　今のJR目黒駅から西の方におりる坂。

早稲田　今の東京都新宿区北部の地名。

鬼子母神　今の東京都豊島区雑司が谷にあり、安産や育児の祈願をかなえる女神をまつる。

てあだかも我々が*逗子《ずし》の*「あぶずり」で眺《なが》むるように見せるのはこの辺に限る。また*筑波《つくば》でわかる。筑波の影《かげ》が低く遥《はる》かなるを見ると我々は関八州の一隅《いちぐう》に武蔵野が呼吸している意味を感ずる。

しかし東京の南北にかけては武蔵野の領分が甚《はなは》だせまい。ほとんどないといってもよい。これは地勢のしからしむるところで、かつ鉄道が通じているので、すなわち「東京」がこの線路によって武蔵野を貫《つらぬ》いて直接に他の範囲《はんい》と連接しているからである。僕はどうもそう感じる。

そこで僕は武蔵野はまず*雑司谷《ぞうしがや》から起こって線を引いてみると、それから*板橋の*中仙道《なかせんどう》の西側を通って*川越近傍《かわごえきんぼう》まで達し、君の一編《ぺん》に示された入間《いるま》郡を包んで円く甲武線の*立川駅に来る。この範囲の間に*所沢《ところざわ》、*田無《たなし》などという駅がどんなに趣味が多いか……ことに夏の緑の深いころは。さて立川からは多《た》摩川《まがわ》を限界として*上丸《かみまる》辺まで下る。*八王子は決して武蔵野には入れられない。そして*丸子《まるこ》から*下目黒《しもめぐろ》に返る。この範囲の間に*布田《ふだ》、*登戸《のぼりと》、*二子《ふたご》などのどんなに趣味が多いか。以上は西半面。

新宿　今の東京都新宿区の一部。JR新宿駅付近。
白金　今の東京都港区北西部。
国府台　今の千葉県市川市北西部の地名。

88・89

多摩川　秩父《ちちぶ》山地に源を発し、東京都南部・神奈川《かながわ》県を通って東京湾に注ぐ川。
点綴　つづり合わせ結びつけること。
駅

東の半面は亀井戸《かめいど》辺より＊小松川《こまつがわ》へかけ木下川《きねがわ》から＊堀切《ほりきり》を包んで＊千住近傍《せんじゅきんぼう》へ到《いた》って止まる。この範囲は異論があれば取り除いてもよい。しかし一種の趣《しゅ》味《み》があって武蔵野《むさしの》に相違《そうい》ないことは前に申したとおりである——。

八

自分は以上の所説に少しの異存もない。ことに東京市の町外れを題目とせよとの注意はすこぶる同意であって、自分もかねて思いついていたことである。町外れを「武蔵野」の一部に入れるといえば、少しおかしく聞こえるが、実は不思議はないので、海を描《えが》くに波打ち際《ぎわ》を描くも同じことである。しかし自分はこれを後まわしにして、小金井堤上《こがねいていじょう》の散歩に引きつづき、まず今の武蔵野の水流を説くことにした。

第一は多摩川《たまがわ》、第二は＊隅田《すみだ》川、むろんこの二流のことは十分に書いてみたいが、さてこれも後まわしにして、さらに武蔵野を流るる水流を求めてみた

街道に設けられた宿場。

聯檐家屋　軒《のき》を連ねている家屋。

六つ玉川　六か所にある玉川の総称《そうしょう》。

亀井戸　今の東京都江東《こうとう》区亀戸。

金糸堀　今の東京都墨田《すみだ》区の南部、ＪＲ錦糸町駅の近くにあった堀。

木下川　今の東京都墨田区東墨田にあった地名。

逗子

い。

＊小金井の流れのごとき、その一である。この流れは東京近郊《きんこう》におよんでは＊千駄ケ谷《せんだがや》、＊代々木《よよぎ》、＊角筈《つのはず》などの諸村の間を流れて新宿《しんじゅく》に入り＊四谷《よつや》上水となる。また＊井頭池《いのかしらいけ》＊善福池《ぜんぷくいけ》などより流れ出《い》でて＊神田《かんだ》上水となるもの。＊目黒《めぐろ》辺を流れて品海《ひんかい》に入るもの。＊渋谷《しぶや》辺を流れて金杉《かなすぎ》に出づるもの。そのほか名も知れぬ細流小溝《しょうきょ》に至るまで、もしこれをよそで見るならば格別の妙《みょう》もなけれど、これが今の武蔵野の平地高台の嫌《きら》いなく、林をくぐり、野を横切り、隠《かく》れつ現れつして、しかも曲がりくねって（小金井は取り除《の》け）流るる趣《おもむき》は春夏秋冬に通じて吾《われ》らの心をひくに足るものがある。自分はもと山多き地方に生長したので、河といえばずいぶん大きな河でもその水は透明《とうめい》であるのを見慣れたせいか、初めは武蔵野の流れ、多摩川を除いては、ことごとく濁《にご》っているので甚《はなは》だ不快な感を惹《ひ》いたものであるが、だんだん慣れてみると、やはりこの少し濁った流れが平原の景色にかなって見えるように思われてきた。

自分が一度、今より四五年前の夏の夜のことであった、かの友と相携《あいたずさ》えて

逗子
今の神奈川《かながわ》県逗子市。

「あぶずり」
今の神奈川県の葉山町堀内の丸山のあたり。

筑波
茨城《いばらき》県筑波・真壁・新治《にいはり》三郡の境にある筑波山。

雑司谷
今の東京都豊島区雑司が谷町とその周辺の地域。

板橋
今の東京都板橋区板橋。江戸時代は中仙道で一番めの宿場。

中仙道
江戸時代の五街

近郊《きんこう》を散歩したことをおぼえている。神田《かんだ》上水の上流の橋の一つを、夜の八時ごろ通りかかった。この夜は月冴《さ》えて風清く、野も林も*白紗《はくさ》につつまれしようにて、なんとも言い難《がた》き良夜《りょうや》であった。かの橋の上には村のもの四五人集まっていて、*欄《らん》によってなにごとをか語りなにごとをか笑い、なにごとをか歌《うた》っていた。その中に一人の老翁《ろうおう》がまざっていて、しきりに若い者の話や歌をまぜッかえしていた。月はさやかに照り、これらの光景を朦朧《もうろう》たる楕円《だえん》形のうちに描《えが》きだして、*田園詩の一節のように浮《う》かべている。自分たちもこの画中の人に加わって欄によって月を眺《なが》めていると、月は緩《ゆる》やかに流るる水面に澄《す》んで映っている。羽虫が水をうつごとに細紋《さいもん》起こってしばらく月の面《おも》に小じわがよるばかり。流れは林の間をくねって出てきたり、また林の間に半円を描いて隠《かく》れてしまう。林の梢《こずえ》に砕《くだ》けた月の光が薄暗《うすぐら》い水に落ちてきらめいて見える。水蒸気は流れの上、四五尺のところを*かすめている。

　大根の時節に、近郊《きんごう》を散歩すると、これらの細流のほとり、いたるところで、農夫が大根の土を洗っているのを見る。

道の一つで、江戸《えど》日本橋から上野《こうずけ》（群馬県）・信濃《しなの》（長野県）・美濃《みの》（岐阜《ぎふ》県）などを経て近江《おうみ》（滋賀《しが》県）の草津《くさつ》にいたる街道。

川越　今の埼玉《さいたま》県川越市。

立川駅　今の東京都立川市にある、ＪＲ中央線立川駅。

所沢　今の埼玉県所沢市。

田無　今の東京都田無市。

九

必ずしも道玄坂《どうげんざか》といわず、また白金《しろがね》といわず、つまり東京市街の一端《いったん》、あるいは*甲州街道《こうしゅうかいどう》となり、あるいは*青梅道《おうめみち》となり、あるいは*中原道《なかはらみち》となり、あるいは*世田ケ谷《せたがや》街道となりて、郊外《こうがい》の林地田圃《りんちでんぽ》に突入《とつにゅう》するところの、市街ともつかず宿駅ともつかず、一種の生活と一種の自然とを配合して一種の光景を呈《てい》しおる場所を描写《びょうしゃ》することが、すこぶる自分の詩興《しきょう》をよび起こすも妙《みょう》ではないか。なぜかような場所が我らの感を惹くだろうか。自分は一言にして答えることができる。すなわちかような町外れの光景はなんとなく人をして社会というものの縮図でも見るような思いをなさしむるからであろう。言葉を換《か》えて言えば、田舎《いなか》の人にも都会の人にも感興を起こさしむるような物語、小さな物語、しかも哀《あわ》れの深い物語、あるいは*抱腹《ほうふく》するような物語が二つ三つそこらの軒先《のきさき》に隠《かく》れていそうに思われるからであろう。さらにその*特点を

上丸　今の神奈川《かながわ》県川崎市中原区上丸子。
八王子　今の東京都八王子市。
丸子　上丸子と中丸子は今の神奈川県川崎市中原区の、下丸子は今の東京都大田区の地名。
下目黒　今の東京都目黒区下目黒。
布田　今の東京都調布市布田。
登戸

言えば、大都会の生活の名残《なごり》と田舎《いなか》の生活の余波とがここで落ち合って、緩《ゆる》やかにうずを巻いているようにも思われる。

見たまえ、そこに片目の犬がうずくまっている。この犬の名の通っている限りがすなわちこの町外れの領分である。

見たまえ、そこに小さな料理屋がある。泣くのとも笑うのともわからぬ声を振《ふ》り立ててわめく女の影法師《かげぼうし》が障子《しょうじ》に映っている。外は夕闇《ゆうやみ》がこめて、煙《けむり》のにおいとも土のにおいともわかちがたき香《かお》りがよどんでいる。*大八車が二台三台と続いて通る、その空車《からぐるま》の轍《わだち》の響《ひび》きがやかましく起こりては絶え、絶えては起こりしている。

見たまえ、鍛冶工《かじや》の前に二頭の駄馬《だば》が立っているその黒い影の横の方で二三人の男がなにごとをかひそひそと話し合っているのを。*鉄蹄《てってい》の真っ赤になったのが*鉄砧《かなしき》の上に置かれ、火花が夕闇を破って往来の中ほどまで飛んだ。話していた人々がどっとなにごとをか笑った。月が家並《やな》みの後ろの高い樫《かし》の梢《こずえ》まで昇《のぼ》ると、向こう片側の家根が白《しろ》んできた。

今の神奈川《かながわ》県川崎市多摩《たま》区登戸。

二子　今の神奈川県川崎市高津区二子。

90・91

小松川　今の東京都江戸《えど》川《がわ》区小松川。

堀切　今の東京都葛飾《かつしか》区堀切。

千住　今の東京都足立《あだち》区千住。

隅田川　東京都の東部を貫いて流れ東京湾に注ぐ、荒川の下流。大川。

小金井の流れ

*かんてらから黒い油煙《ゆえん》が立っている、その間を村の者町の者十数人駈《か》けまわってわめいている。いろいろの野菜がかなたこなたに積んで並べてある。これが小さな野菜市、小さな*せり場である。

　日が暮れるとすぐ寝《ね》てしまう家《うち》があるかと思うと夜《よ》の二時ごろまで店の障子に火影《ほかげ》を映している家がある。理髪所《とこや》の裏が百姓家《ひゃくしょうや》で、牛のうなる声が往来まで聞こえる、酒屋の隣家《となり》が納豆《なっとう》売りの老爺《じじ》の住家《すみか》で、毎朝早く納豆納豆としわがれ声で呼んで都の方へ向かって出かける。夏の短夜《みじかよ》がまもなく明けると、もう荷車が通りはじめる。ごろごろがたがた絶え間がない。九時十時となると、蟬《せみ》が往来から見える高い梢で鳴きだす、だんだん暑くなる。砂《すな》ぼこりが馬の蹄《ひづめ》、車の轍に煽《あお》られて虚空《こくう》に舞《ま》い上がる。蝿《はえ》の群れが往来を横ぎって家から家、馬から馬へ飛んであるく。

　それでも十二時の*どんがかすかに聞こえて、どことなく都の空のかなたで汽笛の響《ひび》きがする。

玉川上水　玉川上水。
千駄ケ谷　今の東京都渋谷《しぶや》区千駄ヶ谷。
代々木　今の東京都渋谷区代々木。
角筈　今の東京都新宿区西新宿にあった地名。
四谷上水　玉川上水の下流。
井頭池　今の東京都三鷹《みたか》市井の頭四丁目にある井之頭《いのかしら》池。
善福池　今の東京都杉並《すぎなみ》区善福寺《ぜんぷくじ》にある善福寺池。

神田上水
井之頭《いのかしら》池と善《ぜん》福寺《ぷくじ》池を水源として江戸《えど》の中心地域に給水していた、江戸最古の上水道。

目黒辺を流れて品海に入るもの
目黒川。品海は品川の海。

渋谷辺を流れて金杉に出づるもの
渋谷川。下流は古川。金杉は今の東京都渋谷区芝《しば》にあった地名。

92・93……

白紗
白いうすぎぬ。

欄
橋のてすり。欄《らん》干《かん》。

田園詩
田園を中心に自然の情趣《じょうしゅ》をうたった詩。

かすめている
白い霞《かすみ》のように漂《ただよ》っている。

甲州街道
江戸時代の五街《かい》道《どう》の一つで、新宿から八王子・甲府を経て長野県下諏訪《すわ》町で中仙道に合流する街道。

青梅道
新宿から青梅・大菩薩峠《だいぼさつとうげ》を経て甲府の手前の酒《さか》折《おり》で甲州街道と合流する青梅街道。

中原道
江戸から丸子を経て今の神奈川《かながわ》県川崎市中原にいたる中原街道。

世田ケ谷街道
今の東京都世田谷区三軒茶屋《さんげんぢゃや》で玉川通りから分かれ登戸《のぼりと》を経て神奈川県中央部に向かう、今の世田谷通り。

抱腹する
腹を抱《かか》えて大いに笑う。

特点
他のものと特に変わったところ。特異点。

◇94・95……

大八車
荷物を運ぶための大きな二輪車。二、三人でひく。

◇鉄蹄
馬のひづめの底に装着してひずめが磨滅《まめつ》したり傷ついたり滑《すべ》ったりするのを防ぐ金具。

◇鉄砧
加工する金物をのせて作業する鉄製の台。鉄床《かなとこ》。

かんてら
ブリキの油壺《あぶらつぼ》の中に灯油を入れ、綿糸を芯《しん》として火をともし、携《けい》帯《たい》用とする照明具。燭台《しょくだい》。

せり場
競《せ》り売りをする場所。

どん
正午を知らせるために空砲《くうほう》を鳴らしたもの。東京では一八七一(明治四)年から一九二九(昭和四)年まで行われた。午砲《ごほう》。

忘れえぬ人々

多摩川《たまがわ》の二子《ふたご》の渡《わた》しをわたって少しばかり行くと溝口《みぞのくち》という宿場がある。その中ほどに亀屋《かめや》という旅人宿《はたごや》がある。ちょうど三月の初めのころであった、この日は大空かき曇《くも》り北風強く吹《ふ》いて、さなきだにさびしいこの町が一段とものさびしい陰鬱《いんうつ》な寒そうな光景を呈《てい》していた。昨日降った雪がまだ残っていて高低定まらぬ茅《わら》屋根の南の軒先《のきさき》からは雨だれが風に吹かれて舞《ま》うて落ちている。草鞋《わらじ》の足あとにたまった泥水《どろみず》にすら寒そうなさざなみが立っている。日が暮れるとまもなくたいがいの店は戸を閉めてしまった。くらい一筋町《ひとすじまち》がひっそりとしてしまった。旅人宿だけに亀屋の店の障子《しょうじ》にはあかりが明《あか》くさしていたが、今宵《こよい》は客もあまりないと見えて内もひっそりとして、おりおり雁首《がんくび》の太そうな煙管《きせる》で火鉢《ひばち》の縁《ふち》をたたく音がするばかりである。

だしぬけに障子をあけて一人の男がのっそり入ってきた。長火鉢に寄っかかッて胸算用《むなさんよう》に余念もなかった主人《あるじ》が驚《おどろ》いてこちらを向くひまもなく、広い土間を三歩《みあし》ばかりに大股《おおまた》に歩いて、主人の鼻先に突《つ》ったッた男は年ごろ三十にはまだ二ツ三ツ足らざるべく、洋服、脚絆《きゃはん》、草鞋のなりで鳥打帽《とりうちぼう》をかぶり、

二子の渡し
今の東京都世田《せた》谷《がや》区玉川と神奈《かな》川《がわ》県川崎市高津区二子との間にあった渡船場《とせんじょう》。現在は二子橋がかかっている。

溝口
今の神奈川県川崎市高津区溝口。江戸《えど》時代は矢倉沢街道《かいどう》の宿場だった。

高低定まらぬ
高さがそろっていない。

一筋町
街道に沿って一筋に家が並んでいる町。

右の手に蝙蝠傘《こうもり》を携《たずさ》え、左に小さなかばんを持ってそれを脇《わき》に抱《だ》いていた。

「一晩厄介《ひとばんやっかい》になりたい。」

主人は客のみなりを見ていてまだ何とも言わない、その時奥《おく》で手の鳴る音がした。

「六番でお手が鳴るよ。」

ほえるような声で主人は叫《さけ》んだ。

「どちらさまでございます。」

主人は火鉢《ひばち》に寄っかかったままで問うた。客は肩《かた》をそびやかしてちょっと顔をしかめたが、たちまち口のほとりに微笑《ほほえみ》をもらして、

「僕《ぼく》か、僕は東京。」

「それでどちらへお越《こ》しでございますナ。」

「八王子《はちおうじ》へ行くのだ。」

と答えて客はそこに腰《こし》を掛《か》け脚絆《きゃはん》の緒《ひも》を解きにかかった。

「旦那《だんな》、東京から八王子なら道が変でございますねエ。」

煙管
雁頭に刻み煙草《たばこ》をつめて火をつけ、その煙《けむり》を吸う道具。雁頭（火皿のついた頭部。雁首）は形が雁の首に似ているところからついた名称《めいしょう》。

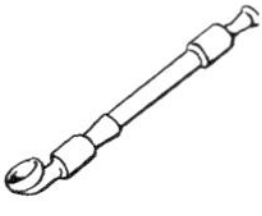

火鉢の縁をたたく
雁頭に残った煙草の灰を落とすための動作。

胸算用
心の中で計算すること。

主人《あるじ》は不審《ふしん》そうに客の様子をいまさらのようにながめて、何か言いたげな口つきをした。客はすぐ気がついた。

「いや僕《ぼく》は東京だが、今日東京から来たのじゃアない、今日はおそくなって川崎《かわさき》をたってきたからこんなに暮れてしまったのさ、ちょっと湯をおくれ。」

「早くお湯を持ってこないか。ヘエずいぶん今日はお寒かったでしょう、八王子《おうじ》の方はまだまだ寒うございます。」

という主人の言葉はあいそがあっても一体《いったい》の風《ふう》つきはきわめて無愛嬌《ぶあいきょう》である。年は六十ばかり、ふとったからだの上に綿の多い半纏《はんてん》を着ているので肩《かた》からすぐに太い頭が出て、幅《はば》の広い福々《ふくぶく》しい顔のまなじりが下がっている。それでどこかに気むずかしいところが見えている。しかし正直なおやじさんだなと客はすぐ思った。

客が足を洗ッてしまッて、まだ拭《ふ》ききらぬうち、主人は、

「七番へご案内申しな！」

とどなッた。それぎりで客へは何の挨拶《あいさつ》もしない、その後ろ姿を見送りもし

脚絆
歩きやすくするため足に巻きつける布。

手の鳴る音
客が旅館の番頭や女中を呼ぶため手をたたく音。

しがめた
しかめた。

100・101

湯
汚《よご》れた足を洗うのに用いる湯。

一体の風つき
態度などに全体としてあらわれている様子。

なかった。真っ黒な猫《ねこ》が厨房《くりや》の方から来て、そッと主人の高い膝《ひざ》の上に這《は》い上がって丸くなった。主人はこれを知っているのかいないのか、じっと目をふさいでいる。しばらくすると、右の手が煙草箱《たばこいれ》の方へ動いてその太い指が煙草を丸めだした。

「六番さんのお浴湯《ゆ》がすんだら七番のお客さんをご案内申しな！」

膝の猫がびっくりして飛び下りた。

「ばか！　貴様に言ったのじゃないわ。」

猫はあわてて厨房の方へかけていってしまった。柱時計がゆるやかに八時を打った。

「お婆《ばあ》さん、吉蔵《きちぞう》がねむそうにしているじゃないか、早くあんかを入れてやってお寝《ね》かしな、可愛《かあい》そうに。」

主人の声のほうがねむそうである、厨房の方で、

「吉蔵はここで本を復習《さら》っていますじゃないかね。」

お婆さんの声らしかった。

煙草を丸めだした　刻み煙草を雁首《がんくび》につめるために丸めはじめた。

「そうかな。吉蔵《きちぞう》もうお寝《ね》よ、朝早く起きてお復習《さら》いな。お婆《ばあ》さん早くあんかを入れておやんな。」

「今すぐ入れてやりますよ。」

勝手の方で下婢《かひ》とお婆さんと顔を見合わしてくすくすと笑った。店の方で大きなあくびの声がした。

「自分が眠《ねむ》いのだよ。」

五十を五つ六つ越《こ》えたらしい小さな老母がくすぶったあんかに火を入れながらつぶやいた。

店の障子《しょうじ》が風に吹《ふ》かれてがたがたすると思うとパラパラと雨を吹きつける音が微《かす》かにした。

「もう店の戸を引き寄《よ》せておきな。」と主人《あるじ》はどなって、舌打ちをして、

「また降ってきやあがった。」

と独り言のようにつぶやいた。なるほど風がだいぶ強くなって雨さえ降りだしたようである。

春先とはいえ、寒い寒いみぞれまじりの風が広い武蔵野《むさしの》を荒《あ》れに荒れて終夜《よもすがら》、真《ま》っくらな溝口《みぞのくち》の町の上をほえ狂《くる》った。

七番の座敷《ざしき》では十二時過ぎてもまだ洋灯《らんぷ》がこうこうと輝《かがや》いている。亀屋《かめや》で起きている者といえばこの座敷のまん中で、差し向かいで話している二人の客ばかりである。外は風雨の声いかにもすさまじく、雨戸が絶えず鳴っていた。

「この模様では明日《あした》のお立ちは無理ですぜ。」

と一人が相手の顔を見て言った。これは六番の客である。

「なに、別に用事はないのだから明日一日くらいここで暮らしてもいいんです。」

二人とも顔を赤くして鼻の先を光らしている。そばの膳《ぜん》の上には燗陶《かんびん》が三本乗っていて、さかずきには酒が残っている。二人とも心地《ここち》よさそうに体をくつろげて、あぐらをかいて、火鉢《ひばち》を中にして煙草《たばこ》を吹かしている、六番の客はかいまきの袖《そで》から白い腕《うで》をひじまで出して巻煙草の灰を落としては、

燗陶　酒の燗《かん》をつけるのに用いる瓶《びん》。

かいまき　綿入れの夜着。

すっている。二人の話しぶりはきわめて率直であるものの今宵《こよい》初めてこの宿で出合って、何かのいとぐちから、二口三口襖《ふすま》越《ご》しの話があって、あまりのさびしさに六番の客から押《お》しかけてきて、名刺《めいし》の交換《こうかん》が済むや、酒を命じ、談話《はなし》に実が入ってくるや、いつしか丁寧《ていねい》な言葉とぞんざいな言葉とを半混ぜに使うようになったものにちがいない。

七番の客の名刺には大津弁二郎《おおつべんじろう》とある、別に何の肩書《かたが》きもない。六番の客の名刺には秋山松之助《あきやままつのすけ》とあって、これも肩書きがない。

大津とはすなわち日が暮れて着いた洋服の男である。やせ形なすらりとして色の白いところは相手の秋山とはまるで違《ちが》っている。秋山は二十五か六という年輩《ねんぱい》で、丸く肥《こ》えて赤ら顔で、目元に愛嬌《あいきょう》があって、いつもにこにこしているらしい。大津は無名の文学者で、秋山は無名の画家で不思議にも同種類の青年がこの田舎《いなか》の旅宿《はたごや》で落ち合ったのであった。

「もう寝《ね》ようかねエ。ずいぶん悪口《あっこう》も言いつくしたようだ。」

美術論から文学論から宗教論まで二人はかなり勝手にしゃべって、現今《いま》の

ぞんざいな言葉
親しい者同士でかわすような、敬語ぬきの言葉。

文学者や画家の大家を手ひどく批評《ひひょう》して十一時が打ったのに気がつかなかったのである。

「まだいいさ。どうせ明日はだめでしょうから夜通し話したってかまわないさ。」

画家の秋山はにこにこしながら言った。

「しかし何時《いくじ》でしょう。」

と大津は投げ出してあった時計を見て、

「おやもう十一時過ぎだ。」

「どうせ徹夜《てつや》でさあ。」

秋山はいっこう平気である。さかずきを見つめて、

「しかし君が眠《ねむ》けれやあ寝てもいい。」

「眠くはちっともない、君が疲《つか》れているだろうと思ってさ。僕《ぼく》は今日おそく川崎《かわさき》を立って三里半ばかしの道を歩いただけだから何ともないけれど。」

「なに僕だって何ともないさ、君が寝るならこれを借りていって読んでみよ

うと思うだけです。」

秋山は半紙十枚ばかりの原稿《げんこう》らしいものを取り上げた。その表紙には『忘れ得ぬ人々』と書いてある。

「それはほんとにだめですよ。つまり君のほうでいうと鉛筆《えんぴつ》で書いたスケッチとおんなじことで他人《ひと》にはわからないのだから。」

といっても大津《おおつ》は秋山の手からその原稿を取ろうとはしなかった。秋山は一枚二枚開けてみてところどころ読んでみて、

「スケッチにはスケッチだけのおもしろみがあるから少し拝見したいねエ。」

「まアちょっと借してみたまえ。」

と大津は秋山の手から原稿を取って、ところどころ開けて見ていたが、二人はしばらく無言であった。外の風雨の声がこの時いまさらのように二人の耳に入った。大津は自分の書いた原稿を見つめたままじっと耳を傾《かたむ》けて夢心地《ごこち》になった。

「こんな晩は君の領分だねエ。」

領分　勢力範囲《はんい》。専門とする分野。

秋山の声は大津の耳に入《い》らないらしい。返事もしないでいる。風雨の音を聞いているのか、原稿を見ているのか、はた遠く百里のかなたの人をおもっているのか、秋山は心のうちで、大津の今の顔、今の眼元《めもと》は我が領分だなと思った。

「君がこれを読むよりか、僕《ぼく》がこの題で話したほうがよさそうだ。どうです、君は聴《き》きますか。この原稿はほんのあらましを書き止めておいたのだから読んだってわからないからねエ。」

夢からさめたような目つきをして大津は目を秋山のほうに転じた。

「詳《くわ》しく話して聞かされるならなおのことさ。」

と秋山が大津の目を見ると、大津の目は少し涙《なみだ》にうるんでいて、異様な光を放っていた。

「僕はなるべく詳《くわ》しく話すよ、おもしろくないと思ったら、遠慮《えんりょ》なく注意してくれたまえ。そのかわり僕も遠慮なく話すよ。なんだか僕のほうで聞いてもらいたいような心持ちになってきたから妙《みょう》じゃあないか。」

秋山は火鉢《ひばち》に炭をついで、鉄瓶《てつびん》の中へ冷めた燗陶《かんびん》を突《つ》っこんだ。

「忘れ得ぬ人は必ずしも忘れてかなうまじき人にあらず、見たまえ僕《ぼく》のこの原稿《げんこう》の劈頭第一《へきとう》に書いてあるのはこの句である。」

大津《おおつ》はちょっと秋山の前にその原稿を差しいだした。

「ね。それで僕はまずこの句の説明をしようと思う。そうすればおのずからこの文の題意がわかるだろうから。しかし君にはたいがいわかっていると思うけれど。」

「そんなことを言わないで、ずんずんやりたまえよ。僕は世間の読者のつもりで聴《き》いているから。失敬、横になって聴くよ。」

秋山は煙草《たばこ》をくわえて横になった。右の手で頭を支えて大津の顔を見ながら目元に微笑《びしょう》をたたえている。

「親とか子とかまたは朋友知己《ほうゆうちき》そのほか自分の世話になった教師先輩《せんぱい》のごときは、つまり単に忘れ得ぬ人とのみはいえない。忘れてかなうまじき人といわなければならない、そこでここに恩愛のちぎりもなければ義理もない、ほ

忘れてかなうまじき　忘れてはならない。
劈頭　一番始め。冒頭《ぼうとう》。
恩愛のちぎり　愛情や恩義によって結ばれている関係。

んの赤の他人であって、本来をいうと忘れてしまったところで人情をも義理をも欠かないで、しかもついに忘れてしまうことのできない人がある。世間一般《いっぱん》の者にそういう人があるとは言わないが少なくとも僕にはある。恐《おそ》らくは君にもあるだろう。」

秋山はだまってうなずいた。

「僕が十九の歳《とし》の春の半《なか》ごろと記憶《きおく》しているが、少しからだの具合が悪いのでしばらく保養する気で東京の学校を退《ひ》いて国へ帰る、その帰りみちのことであった。大阪《おおさか》から例の瀬戸内《せとうち》通いの汽船に乗って春海《しゅんかい》波平らかな内海《うちうみ》を航するのであるが、ほとんどひと昔も前のことであるから、僕のその時の乗り合いの客がどんな人であったやら、船長がどんな男であったやら、茶菓《ちゃか》を運ぶボオイの顔がどんなであったやら、そんなことは少しもおぼえていない。多分僕《ぼく》に茶をついでくれた客もあったろうし、甲板《かんぱん》の上でいろいろと話しかけた人もあったろうが、何にも記憶に止まっていない。

「ただその時は健康が思わしくないからあまり浮《う》き浮きしないでもの思いに

ひと昔
一時代前。昔のできごとと感じさせる程度の漠《ばく》然《ぜん》とした時間の隔《へだ》たり。

沈《しず》んでいたにちがいない。絶えず甲板《かんぱん》の上に出《い》で将来《ゆくすえ》の夢を描《えが》いてはこの世における人の身の上のことなどを思いつづけていたことだけは記憶《きおく》している。もちろん若いものの癖《くせ》でそれも不思議はないが。そこで僕《ぼく》は、春の日ののどかな光が油のような海面にとけほとんどさざなみも立たぬ中を船の船首《へさき》が心地《ここち》よい音をさせて水を切って進行するにつれて、霞《かすみ》たなびく島々を迎《むか》えては送り、右舷《うげん》左舷《さげん》の景色を眺《なが》めていた。菜の花と麦の青葉とで錦《にしき》を敷《し》いたような島々がまるで霞の奥《おく》に浮いているように見える。そのうち船がある小さな島を右舷に見てその磯《いそ》から十町とは離《はな》れないところを通るので僕は欄《らん》に寄りなにげなくその島を眺めていた。山の根がたのかしこここに背の低い松が小杜《こもり》を作っているばかりで、見たところ畑《はた》もなく家らしいものも見えない。しんとしてさびしい磯《いそ》のひき潮のあとが日に輝《ひか》って、小さな波が水際《みぎわ》をもてあそんでいるらしく長い線《すじ》が白刃《しらは》のように光っては消えている。無人島《むにんとう》でないことはその山よりも高い空で雲雀《ひばり》がないているのがかすかに聞こえるのでわかる。田畑ある島と知れけりあげ雲雀、これは僕の老父《おやじ》の句であるが、山

十町　一キロメートルあまり。

のむこうには人家があるに相違《そうい》ないと僕は思うた。と見るうちひき潮のあとの日に輝《ひか》っているところに一人の人がいるのが目についた。たしかに男である、また小供《こども》でもない。何かしきりに拾っては籠《かご》か桶《おけ》かに入れているらしい。二三歩《ふたあしみあし》あるいてはしゃがみ、そして何か拾っている。自分はこのさびしい島かげの小さな磯を漁《あさ》っているこの人をじっと眺めていた。船が進むにつれて人影《ひとかげ》が黒い点のようになってしまった、そのうち磯も山も島全体が霞のかなたに消えてしまった。その後今日が日までほとんど十年の間、僕は何度この島かげの顔も知らないこの人をおもい起こしたろう。これが僕の『忘れ得ぬ人々』の一人である。

「その次は今から五年ばかり以前、正月元旦《がんたん》を父母の膝《ひざ》もとで祝ってすぐ九州旅行に出かけて、熊本《くまもと》から大分《おおいた》へと九州を横断した時のことであった。

「僕は朝早く弟とともに草鞋脚絆《わらじきゃはん》で元気よく熊本を出発《た》った。その日はまだ日が高い中に立野《たての》という宿場まで歩いてそこに一泊《ぱく》した。次の日のまだ登らないうち立野を立って、かねての願いで、阿蘇山《あそさん》の白煙《はくえん》を目がけて霜《しも》を踏《ふ》み

熊本　今の熊本県熊本市。
大分　今の大分県大分市。
立野　熊本県阿蘇《あそ》郡長陽《ちょうよう》村立野。阿蘇山の西部、外輪火口原の入り口にあたる土地。

桟橋《さんばし》を渡《わた》り、路《みち》をまちがえたりしてようやくおひる時分に絶頂近くまで登り、噴火口《ふんかこう》に達したのは一時過ぎでもあッただろうか。熊本《くまもと》地方は温暖であるがうえに、風のないよく晴れた日だから、冬ながら六千尺の高山も左《さ》までは寒く感じない。高嶽《たかたけ》のいただきは噴火口から吐《は》き出す水蒸気《すいじょうき》が凝《こ》って白くなっていたがその外《ほか》は満山ほとんど雪を見ないで、ただ枯《か》れ草《くさ》白く風にそよぎ、焼け土のあるいは赤きあるいは黒きが旧噴火口の名残《なごり》をかしここに止《とど》めて断崖《だんがい》をなし、その荒涼《こうりょう》たる光景は、筆も口もかなわない、これを描《えが》くのはまず君の領分だと思う。

「僕《ぼく》らは一度噴火口の縁《ふち》まで登って、しばらくは凄《すさ》まじい穴をのぞきこんだり四方の大観をほしいままにしたりしていたが、さすがに頂《いただき》は風が寒くってたまらないので、穴から少し下りると阿蘇《あそ》神社があるそのそばに小さな小屋があって番茶くらいはのませてくれる、そこへ逃《に》げこんでむすびをかじって、元気をつけて、また噴火口まで登った。

「その時は日がもうよほど傾《かたむ》いて肥後《ひご》の平野を立てこめているもやが焦《こ》げて

桟橋　かけはし。

六千尺　約千八百メートル。

高嶽　阿蘇五岳中一番高い高岳。海抜《かいばつ》千五百九十二メートル。

阿蘇神社　熊本県阿蘇郡一の宮町にある阿蘇神社の末社。阿蘇中岳にある。

肥後の平野　熊本平野。

九重嶺　大分県玖珠《くす》郡と直入《なおいり》郡にまたがる火山群。阿蘇

赤くなってちょうどそこに見える旧噴火口の断崖と同じような色に染まった。円錐形《えんすいけい》にそびえて高く群峰《ぐんぽう》を抜《ぬ》く九重嶺《くじゅうのみね》の裾野《すその》の高原数里の枯れ草が一面に夕陽《せきよう》を帯び、空気が水のように澄《す》んでいるので人馬の行くのも見えそうである。天地寥廓《りょうかく》、しかも足もとではすさまじい響《ひび》きをして白煙《はくえん》もうもうと立ちのぼりまっすぐに空をつき急に折れて高嶽をかすめ天の一方に消えてしまう。壮《そう》といわんか美といわんか惨《さん》といわんか、僕らはだまったまま一言《ごん》も出さないでしばらく石像のように立っていた。この時天地悠々《ゆうゆう》の感、人間存在の不思議の念などが心の底からわいてくるのは自然のことだろうと思う。

「ところでもっとも僕らの感をひいたものは九重嶺と阿蘇山との間の一大窪《くぼ》地《ち》であった。これはかねて世界最大の噴火口の旧跡《きゅうせき》と聞いていたがなるほど、九重嶺の高原が急におちこんでいて数里にわたる絶壁《ぜっぺき》がこの窪地の西をめぐっているのが眼下によく見える。男体山麓《なんたいさんろく》の噴火口は明媚幽邃《めいびゆうすい》の中禅寺《ちゅうぜんじ》湖と変わっているがこの大噴火口はいつしか五穀《ごこく》実る数千町《ちょう》歩《ぶ》の田園とかわって村落幾個《いくこ》の樹林や麦畑が今しも斜陽《しゃよう》静かに輝《かがや》いている。僕らがその夜、

山の東北にある。

裾野　久住高原。

寥廓　何もなくひろびろとして大きいこと。

壮といわんか美といわんか惨といわんか　壮大と言おうか、美しいと言おうか、いたましいと言おうか。

悠々　限りなく広いさま。

絶壁　阿蘇外輪山の岩壁。

男体山

疲《つか》れた足を踏《ふ》みのばして罪のない夢を結ぶを楽しんでいる宮地《みやじ》という宿駅もこの窪地《くぼち》にあるのである。

「いっそのこと山上の小屋に一泊《ぱく》して噴火《ふんか》の夜の光景を見ようかという説も二人の間に出たが、先が急がれるのでいよいよ山を下りることに決めて宮地を指して下りた。下りは登りよりかずっと勾配《こうばい》が緩《ゆる》やかで、山の尾《お》や谷間の枯《か》れ草《くさ》の間を蛇《へび》のようにうねっている路《みち》をたどって急ぐと、村に近づくにつれて枯れ草を着けた馬をいくつかおいこした。あたりを見るとかしここの山尾《やまのお》の小路《こみち》をのどかな鈴《すず》の音《ね》夕陽《せきよう》を帯びて人馬いくつとなく麓《ふもと》をさして帰りゆくのが数えられる、馬はどれも皆枯れ草を着けている。麓はじきそこに見えていても容易には村へ出ないので、日は暮れかかるし僕《ぼく》らは大急ぎに急いでしまいには走って下りた。

「村に出た時はもう日が暮れて夕闇《ゆうやみ》ほのぐらいころであった。村の夕暮れのにぎわいは格別で、壮年男女《そうねんなんにょ》は一日の仕事のしまいに忙《いそが》しく子供は薄暗《うすぐら》い垣《かき》根《ね》の陰《かげ》やかまどの火の見える軒先《のきさき》に集まって笑ったり歌ったり泣いたりして

宮地　栃木《とちぎ》県北西部にある日光火山群の中の火山。海抜《ばつ》二千四百八十四メートル。南側の麓に二荒山《ふたらさん》神社と火山湖の中禅寺湖《ちゅうぜんじこ》とがある。

明媚幽邃　山水の景色が清らかで美しく、静かで奥《おく》深いこと。

五穀　米・麦・粟《あわ》など穀類の総称《そうしょう》。

数千町歩　町歩は山林や田畑の面積を町を単位として数え

いる、これはどこの田舎《いなか》も同じことであるが、僕は荒涼《こうりょう》たる阿蘇《あそ》の草原からかけ下りて突然《とつぜん》、この人寰《じんかん》に投じた時ほど、これらの光景にうたれたことはない。二人は疲れた足をひきずって、日暮れて路遠きを感じながらも、懐《なつ》かしいような心持ちで宮地を今宵《こよい》のあてに歩いた。

「ひと村離《むらはな》れて林や畑の間をしばらく行《ゆ》くと日はとっぷり暮れて二人の影《かげ》がはっきりと地上に印《いん》するようになった。振《ふ》り向いて西の空を仰《あお》ぐと阿蘇の分派の一峰《ぽう》の右に新月がこの窪地一帯の村落をわがもの顔に澄《す》んで蒼味《あおみ》がかった水のような光を放っている。二人は気がついてすぐ頭の上を仰ぐと、昼間は真っ白に立ちのぼる噴煙《ふんえん》が月の光を受けて灰色に染まって碧瑠璃《へきるり》の大空をついているさまが、いかにもすさまじくまた美しかった。長さよりも幅《はば》のほうが長い橋にさしかかったから、幸いとその欄《らん》によっかかって疲れきった足を休めながら二人は噴煙のさまのさまざまに変化するを眺《なが》めたり、聞くともなしに村落の人語の遠くに聞こゆるを聞いたりしていた。すると二人が今来た道の方から空車《からぐるま》らしい荷車の音が林などに反響《はんきょう》して虚空《こくう》に響《ひび》き渡《わた》ってしだ

るときに用いる語で、一町は約一ヘクタール。

114・115……

宮地　熊本県阿蘇《あそ》郡一の宮町宮地。

山の尾　山の尾根。

人寰　人の住んでいるところ。世の中。

今宵のあて　今夜泊《と》まるところを探す目当て。

碧瑠璃　青色の瑠璃。青く澄んだ空のたとえ。

いに近づいてくるのが手に取るように聞こえだした。

「しばらくするとほがらかな澄《す》んだ声で流して歩く馬子唄《まごうた》が空車《からぐるま》の音につれて漸々《ぜんぜん》と近づいてきた。僕《ぼく》は噴煙《ふんえん》を眺《なが》めたままで耳を傾《かたむ》けて、この声の近づくのを待つともなしに待っていた。

「人影《ひとかげ》が見えたと思うと『宮地《みやじ》やよいところじゃ阿蘇山《あそさん》ふもと』という俗謡《うた》を長く引いてちょうど僕らが立っている橋の少し手前まで流してきたその俗謡の意《こころ》と悲壮《ひそう》な声とがどんなに僕の情《こころ》を動かしたろう。二十四五かと思われる屈強《くっきょう》な壮漢《わかもの》が手綱《たづな》をひいて僕らの方を見向きもしないで通ってゆくのを僕はじっとみつめていた。夕月の光を背にしていたからその横顔もはっきりとは知れなかったがそのたくましげなからだの黒い輪郭《りんかく》が今も僕の目の底に残っている。

「僕は壮漢の後ろ影をじっと見送って、そして阿蘇の噴煙を見あげた。『忘れ得ぬ人々』の一人はすなわちこの壮漢である。

「その次は四国の三津ケ浜《みつがはま》に一泊《ぱく》して汽船便を待った時のことであった。夏

馬子唄　馬方《うまかた》が馬を引きながらうたう歌。声を朗々と長くのばしてうたうものが多い。

漸々　だんだん。次第《しだい》に。

三津ケ浜　愛媛《えひめ》県松山市の外港。

の初めと記憶《きおく》しているが僕は朝早く宿を出て汽船の来るのは午後と聞いたのでこの港の浜や町を散歩した。奥《おく》に松山を控《ひか》えているだけこの港の繁盛《はんじょう》は格別で、わけても朝は魚市が立つので魚市場の近傍《きんぼう》の雑踏《ざっとう》は非常なものであった。大空は名残《なごり》なく晴れて朝日うららかに輝《かがや》き、光る物には反射を与《あた》え、色あるものには光を添《そ》えて雑踏の光景をさらににぎにぎしくしていた。叫《さけ》ぶもの呼ぶもの、笑声嬉々《しょうせいきき》としてここに起これば、歓呼怒罵《かんこどば》乱れてかしこに湧《わ》くというありさまで、売るもの買うもの、老若男女《ろうにゃくなんにょ》、いずれも忙《いそが》しそうにおもしろそうにうれしそうに、かけたり追ったりしている。露店《ろてん》が並んで立ち食いの客を待っている。売っているものは言わずもがなで、食ってる人はたいがい船頭船方《ふなかた》の類《たぐい》にきまっている。鯛《たい》や比良目《ひらめ》や海鰻《あなご》や章魚《たこ》が、そこらに投げ出してある。なまぐさい臭《にお》いが人々の立ち騒《さわ》ぐ袖《そで》や裾《すそ》にあおられて鼻を打つ。

「僕は全くの旅客でこの土地には縁《えん》もゆかりもない身だから、知る顔もなければ見覚えのはげ頭もない。そこでなんとなくこれらの光景が異様な感を起

歓呼怒罵　喜びの声と怒りののしる声。

船方　船乗り。

こさせて、世の様を一段鮮《あざ》やかに眺《なが》めるような心地《ここち》がした。僕《ぼく》はほとんどおのれを忘れてこの雑踏《ざっとう》のうちをぶらぶらと歩き、ややもの静かなる街《ちまた》のはしに出た。

「するとすぐ僕の耳に入ったのは琵琶《びわ》の音であった。そこの店先に一人の琵琶僧《そう》が立っていた。歳《とし》のころ四十を五ツ六ツも越《こ》えたらしく、幅《はば》の広い四角な顔の丈《たけ》の低い肥えた漢子《おとこ》であった。その顔の色、その眼《め》の光はちょうど悲しげな琵琶の音にふさわしく、あのむせぶような糸の音につれてうたう声が沈《しず》んで濁《にご》って淀《よど》んでいた。巷《ちまた》の人は一人もこの僧を顧《かえり》みない、家々の者は誰《たれ》もこの琵琶に耳を傾《かたむ》けるふうも見せない。朝日は輝《かがや》く浮《う》き世《よ》はせわしい。

「しかし僕はじっとこの琵琶僧を眺めて、その琵琶の音に耳を傾けた。この道幅の狭《せま》い軒端《のきば》のそろわない、しかもせわしそうな巷の光景がこの琵琶僧とこの琵琶の音とに調和しないようでしかもどこかに深い約束があるように感じられた。あの嗚咽《おえつ》する琵琶の音が巷の軒から軒へと漂《ただよ》うて勇ましげな売り声や、かしましい鉄砧《かなしき》の音にまざって、別に一道《どう》の清泉が濁波《だくは》の間をくぐっ

琵琶　木製の胴《どう》の上部に短い柄《え》のある普通は四弦《げん》の楽器。日本では多くばちでひく。

琵琶僧　琵琶をひきながら門付《かどづけ》（芸能を演ずるかわりに金品をもらい歩くこと）をする、僧の姿をした音楽家。

かしましい鉄砧の音

て流れるようなのを聞いていると、うれしそうな、浮《う》き浮きした、おもしろそうな、忙《いそが》しそうな顔つきをしている巷の人々の心の底の糸が自然の調《しら》べをかなでているように思われた、『忘れえぬ人々』の一人はすなわちこの琵琶僧である。」

ここまで話してきて大津《おおつ》は静かにその原稿《げんこう》を下に置いてしばらく考え込《こ》んでいた。外の雨風の響《ひび》きは少しもおとろえない。秋山は起き直って、

「それから。」

「もうよそう、あまりふけるから。まだ幾《いく》らもある。北海道歌志内《うたしない》の鉱夫《こうふ》、大連湾頭《だいれんわんとう》の青年漁夫、番匠川《ばんじょうがわ》の瘤《こぶ》ある舟子《ふなこ》など僕がいちいちこの原稿にあるだけを詳《くわ》しく話すなら夜が明けてしまうよ。とにかく、僕がなぜこれらの人々を忘るることができないかという、それはおもい起こすからである。なぜ僕がおもい起こすだろうか。僕はそれを君に話してみたいがね。

「要するに僕は絶えず人生の問題に苦しんでいながらまた自己将来の大望《たいもう》に圧せられて自分で苦しんでいる不幸せな男である。

鍛冶《かじ》屋で金物を鉄砧（鉄製の作業台）にのせたたいて加工するときのやかましい音。

心の底の糸　外界の事物にふれてさまざまな思いをひきおこす心の微妙《びみょう》な動き。

歌志内　北海道中部にある歌志内市。石狩《いしかり》炭田北部の産炭地として発達した。

大連湾　朝鮮《ちょうせん》半島と中国の遼東《りょうとう》半島と

「そこで僕《ぼく》はこよいのような晩に独り夜更《よふ》けてともしびに向かっているとこの生《せい》の孤立《こりつ》を感じて堪《た》えがたいほどの哀情《あいじょう》を催《もよお》してくる。その時僕の主我《しゅが》の角《つの》がぼきり折れてしまって、なんだか人懐《ひとなつ》かしくなってくる。いろいろの古いことや友の上を考えだす。その時油然《ゆぜん》として僕の心に浮《う》かんでくるのはすなわちこれらの人々である。そうでない、これらの人々を見た時の周囲の光景のうちに立つこれらの人々である。我と他と何の相違《そうい》があるか、皆《みな》これこの生を天の一方地の一角に享《う》けて悠々《ゆうゆう》たる行路をたどり、相携《あいたずさ》えて無窮《むきゅう》の天に帰る者ではないか、というような感が心の底から起こってきて我知らず涙《なみだ》がほおをつたうことがある。その時は実に我もなければ他《ひと》もない、ただ誰《たれ》もかれも懐《なつ》かしくって、忍《しの》ばれてくる、

「僕はその時ほど心の平穏《へいおん》を感ずることはない、その時ほど自由を感ずることはない、その時ほど名利《めいり》競争の俗念《ぞくねん》消えてすべての物に対する同情の念の深いときはない。

「僕はどうにかしてこの題目で僕の思う存分に書いてみたいと思うている。

の間に位置する湾。

120
哀情　ものがなしい心。悲哀の気持ち。

主我の角　何事も自分の利害を中心にして考える利己的な考え。

油然　さかんにわきおこるさま。

名利競争　名誉《めいよ》や利益を争って追いかけること。

僕は天下必ず同感の士あることと信ずる。」

その後二年たった。

大津《おおつ》は故《ゆえ》あって東北のある地方に住まっていた。溝口《みぞのくち》の旅宿《やど》で初めてあった秋山との交際は全く絶えた。ちょうど、大津が溝口に泊《と》まった時の時候であったが、雨の降る晩のこと。大津は独り机に向かって瞑想《めいそう》に沈《しず》んでいた。机の上には二年前秋山に示した原稿《げんこう》と同じの「忘れ得ぬ人々」が置いてあって、その最後に書き加えてあったのは「亀屋《かめや》の主人《あるじ》」であった。

「秋山」ではなかった。

河《かわ》霧《ぎり》

上田豊吉《うえだとよきち》がそのふるさとを出たのは今よりおおよそ二十年ばかり前のことであった。

その時かれは二十二歳《さい》であったが、郷党《きょうとう》みなかれが前途《ゆくすえ》の成功を卜《ぼく》してその門出《かどで》を祝した。

「大いなる事業」という言葉の宮のうるわしき台《うてな》を金色《こんじき》の霧《きり》のうちに描《えが》いて、かれはその古き城下を立ち出《い》で、大阪《おおさか》京都をも見ないで直ちに東京へ乗り込《こ》んだ。

故郷の朋友親戚兄弟《ほうゆうしんせきけいてい》、みなその安着のしらせを得て祝し、さらにかれが成功を語り合った。

しかるに、ただ一人、「杉《すぎ》の杜《もり》のひげ」とあだ名せられて本名は並木善兵衛《なみきぜんべえ》という老人のみが次のごとくに言った。

「豊吉が何をしでかすものぞ、五年十年のうちにはきっと蒼《あお》くなって帰ってくるから見ていろ。」

「なぜ?」その席にいた豊吉の友が問うた。

郷党
郷里の人々。
卜して
うらなって。
「大いなる事業」という…霧のうちに描いて
大事業をおこすという壮大《そうだい》で美しい言葉で築く宮殿《きゅうでん》を金色に輝《かがや》く自分の未来に想定して。

老人は例の雪のようなひげをひねくりながらさびしそうに悲しそうに、意地の悪そうに笑ったばかりで何とも答えなかった。

そこで少しばかりこの老人のことを話しておくが、「杉《すぎ》の杜《もり》のひげ」と言われてその名が通っているだけ、岩――のものでそのころこの奇体《きたい》な老人を知らぬ者はないほどであった。

ひげが雪のように白いところからそのあだ名を得たとはいうものの小さなきたならしい老人で、そのころ七十いくつとかでもすこぶる強壮《きょうそう》な、、、、こつこつした体格《からだ》であった。

この老人がその小さな丸い目を杉の杜の薄暗《うすぐら》い陰《かげ》でピカピカ輝《ひか》らせて、黙《だま》って立っているのを見ると誰《だれ》も薄気味《うすきみ》の悪いじじいさんだと思う、それがじいさんばかりでなく「杉の杜」というのが、岩――の士族屋敷《やしき》ではこの「ひげ」の生まれない前のもっと前からすでに気味の悪いところになっているので幾《いく》百年かたって今はその根方《ねがた》のまわり五抱《いっかか》えもある一本の杉が並木善兵衛の屋敷の隅《すみ》につっ立っていてそこがさびしい四つ辻《つじ》になっている。

岩――
主人公の郷里の地名をぼかして表現した言い方。

奇体
風変わりなこと。

士族屋敷
江戸《えど》時代に建てられた武家の屋敷。

善兵衛《ぜんべえ》は若い時分から口の悪い男で、少し変物《へんぶつ》で右左をまちがえて言う仲間の一人であったが、年を取ると余計に口が悪くなった。

「彼奴《きゃつ》は遠からず死ぬわい。」など人の身の上に不吉《ふきつ》きわまる予言を試みて平気でいる、それがまた奇妙《きみょう》にあたる。むずかしく言えば一種霊活《れいかつ》な批評眼を備えていた人、ありていに言えば天稟《てんりん》の直覚力が鋭利《えいり》である上に、郷党《きょうとう》が不思議がればいよいよ自分も余計に人の気質、人の運命などに注意して見るようになり、それがおもしろくなり、自慢《じまん》になり、ついに熟練になったのである。彼《かれ》は決して卜者《うらない》ではなかった。

そこで豊吉《とよきち》はこの「ひげ」と別にゆききもしないくせに「ひげ」は豊吉の上にあんな予言をした。

そしてそれが二十年ぶりにあたった。あたったといえばそれだけであるが、それに三つの意味が含《ふく》まれている。

「豊吉が何をしでかすものぞ。」これがその一、

「五年十年のうちには。」これがその二、

右左をまちがえて言う仲間　へそまがりの人物。あまのじゃく。偏屈《へんくつ》な人。

霊活　精神のすぐれたはたらき。

磯ぎんちゃく　腔腸《こうちょう》動物花虫綱《こう》の一群の総称《そうしょう》。浅い海の岩石などに着生し、物に触《ふ》れると体を収縮させる。

精根の泉をからし

「きっと帰ってくる。」これがその三。
薄気味《うすきみ》の悪い「ひげ」が黄鼠《いたち》のような目をひからせて杉《すぎ》の杜《もり》の陰《かげ》からにらんだところをいま少し詳《くわ》しく言えば、豊吉は善人である、また才もある、しかし根《こん》がない、いや根もずいぶんあるが、どこかに影《かげ》の薄いような気味があって、そのすることがものの急所にあたらない。また力いっぱいに打《う》ち込《こ》んだ棒の音が鈍《にぶ》く反響《はんきょう》するというようなところがある。

豊吉は善人である、情に厚い、しかし肝《きも》が小さい、と言うよりもむしろ、気が小さいので磯《いそ》ぎんちゃくと同質である。

そこで彼は失敗やら成功やら、二十年の間に東京を中心としておもに東北地方を舞台《ぶたい》にいろんなことをやってみたが、ついに失敗に終わったというよりもむしろ、もはや精根の泉をからしてしまった。

そして故郷へ帰ってきた。漂《ただよ》ってきたのではない、実に帰ってきたのである。彼はいかなる時にもその故郷を忘れ得なかった。いかにかれは零落《れいらく》するとも、都の巷《ちまた》にどぶろくを命として埃芥《あくた》のように沈澱《ちんでん》してしまう人ではな

てしまった　物事をする精力と根気の源泉にあたるエネルギーをなくしてしまった。

漂ってきた　自分の意志からでなく何となくやってきた。

どぶろくを…沈澱してしまう　塵芥《じんかい》が水底に沈《しず》むように、どぶろく（かすを漉《こ》しとっていない安酒）だけを生きるよさがとして社会の底辺部に落ちぶれてしまう。

かった。

しかし「ひげ」の「五年十年」はあたらなかった、二十年ぶりに豊吉《とよきち》は帰ってきた、しかも「ひげ」の「五年十年」には意味があるので、実にあたったのである、すなわち豊吉はたちまち失敗してたちまち逃《に》げて帰ってくるような男ではない、やれるだけはやってみる質《たち》であった。

さて「杉《すぎ》の杜《もり》のひげ」の予言はことごとくあたった。しかしさすがの「ひげ」もとり逃がした予言が一つある。ただ幾《いく》百年の間、人間の運命を眺《なが》めていた「杉の杜」のみはあらかじめ知っていたにちがいない。


夏の末、秋の初めの九月なかば日曜の午後一時ごろ、「杉の杜」の四辻《よつつじ》にぼんやり立っている者がある。

年のころは四十ばかり、ごま白頭の色の黒いほほのこけた面長《おもなが》な男である。汗《あせ》じみて色の変わった縮《ちぢみ》布の洋服を着て脚絆《きゃはん》の紺《こん》もあせ草鞋《わらじ》もぼろぼろしている。都からの落人《おちびと》でなければこんなふうをしてはいない。すなわち上田

ごま白頭　頭髪《とうはつ》に白髪《しらが》がまじっている頭。胡麻塩《ごましお》頭。
汗じみて色の変わった　汗がしみて変色している。

豊吉である。
二十年ぶりの故郷の様子はずいぶん変わっていた。日本全国、どこの城下も町は新しく変わり、士族小路《こうじ》は古く変わるのが例であるが岩――もそのとおりで、町の方は新しい建物もでき、きらびやかな店もできてよろず、何となく今の世の様《さま》にともなっているが、士族屋敷《やしき》のほうはその反対で、いたるところ、古い都の断礎《だんそ》のようなものがあって一種言うべからざる沈静《ちんせい》の気が隅々《すみずみ》まで行《ゆ》き渡《わた》っている。
豊吉はしばらく杉の杜の陰《かげ》でやすんでいたが、気の弱いかれは、かくまでにおちぶれてその懐《なつ》かしい故郷に帰ってきても、なお大声をあげて自分の帰ってきたのを言いふらすことができない、大手を振《ふ》って自分の生まれた土地を歩くことができない、直ちに兄の家《うち》、すなわち自分の生まれた家に行くことができない。
かれは恐《おそ》る恐《おそ》るそこらをぶらつきはじめた。夢地を歩む心地《ここち》で古い記憶《きおく》の端々《はしばし》をたどりはじめた。なるほど、様子が変わった。

士族小路
士族（明治維新《いしん》後、旧武士の家系の者に与《あた》えられた身分）の家屋敷が立ち並んでいた通り。

断礎
こわれた礎石。物事の名残《なごり》。

夢地
夢の中。夢路。

しかしやはり、変わらない。二十年前の壁《かべ》の穴が少し太くなったばかりである、豊吉《とよきち》が棒の先でいたずらに開けたところの。

ただ豊吉の目には以前より路幅《みちはば》が狭《せま》くなったように思われ、樹《き》が多くなったように見え、昔よりよほどさびしくなったように思われた。蟬《せみ》がその単調な眠《ねむ》そうな声で鳴いている、しんとした日の光がじりじりと照りつけて、今しもこの古い士族屋敷《やしき》は眠ったように静かである。

杉《すぎ》の生《い》け垣《がき》をめぐると突《つ》き当たりの煉塀《ねりべい》の上に百日紅《ひゃくじっこう》が碧《みどり》の空に映じていて、壁はほとんど蔦《つた》で埋《う》もれている。その横に門がある。樫《かし》、梅、橙《だいだい》などの庭木の門の上に黒い影《かげ》を落としていて、門の内には棕櫚《しゅろ》の二三本、その扇《おうぎ》めいた太い葉が風にあおられながらぴかぴかと輝《ひか》っている。

豊吉はうなずいて門札を見ると、板の色も文字の墨《すみ》も同じように古びて「片山四郎《かたやましろう》」と書いてある。これは豊吉の竹馬《ちくば》の友である。

「達者でいるらしい。」かれは思った、「たぶん子供もできていることだろう。」

煉塀
土と瓦《かわら》とで築き、上を瓦でふいた土塀。

百日紅
さるすべりの漢名。

竹馬の友
幼友達。

かれはそっと内をのぞいた。桑園《そうえん》の方から鶏《にわとり》が六七羽、一羽の雄《おす》に導かれてのそのそと門の方へやってくるところであった。

たちまち車井《くるまい》の音が高く響《ひび》いたと思うと、「お安《やす》、金《かな》だらいを持ってきてくろ。」という声はこの家の主人《あるじ》らしい。豊吉はものに襲《おそ》われたようにあたりをきょろきょろと見まわして、急いで煉塀の角を曲がった。あたりには人らしき者の影も見えない。

「四郎だ四郎だ。」豊吉はぼんやり立って目を細くして何を見るともなくその狭《せま》い樹の影の多い路の遠くを眺《なが》めた。路の遠くにはかげろうがうらうらとたっている。

一匹《ぴき》の犬が豊吉の立っているすぐそばの、寒竹《かんちく》の生《い》け垣《がき》の間から突然《とつぜん》現れて豊吉を見てうさんそうに耳を立てたが、たちまち垣《かき》の内で口笛が一声二声高く響《ひび》くや犬はまたかけ込《こ》んでしまった。豊吉は夢のさめたようにちょっと目をみはって、さびしい微笑《びしょう》を目元に浮《う》かべた。

すると、一人の十二三の少年《こども》が釣《つ》りざおを持って、小陰《こかげ》から出てきて豊吉

車井
滑車《かっしゃ》の溝《みぞ》に綱《つな》をかけ、両端《りょうたん》につるべ桶《おけ》をつけて、綱をたぐって水を汲《く》む仕掛《しか》けになっている井戸。車井戸。

寒竹
小さい葉を持つ笹《ささ》の一種。高さは二、三メートルで、生け垣などにする。

うさんそうに
どことなく疑わしそうに。胡散《うさん》臭《くさ》そうに。

には気がつかぬらしく、こなたを見向きもしないで軍歌らしいものを小声でうたいながらむこうへ行く、その後《あと》を前の犬が地をかぎかぎおともをしてゆく。

豊吉《とよきち》はわれ知らずその後について、じっと少年《こども》の後ろ影《かげ》を見ながらゆく、その距離《きょり》は数十歩である、実は三十年の歳月《さいげつ》であった。豊吉は昔の我を目の前にありありと見た。

少年と犬との影が突然《とつぜん》消えたと思うと、その曲がり角《ま》のすぐ上の古木、昔のままのその枝ぶり、蟬《せみ》のとまりどころまでが昔そのままなる——豊吉は「なるほど、今の児《こ》はあそこへ行くのだな。」とうれしそうに笑ッて梅の樹《き》を見上げて、そして角を曲がった。

川柳《かわやなぎ》の陰《かげ》になった一間幅《けんはば》ぐらいの小川のほとりに三四人の少年が集まっている、豊吉はニヤニヤ笑って急いでそこに行った。

大川の支流のこの小川のここは昔からの少年の釣《つ》り場《ば》である。豊吉は柳の陰に腰掛《こしか》けて久しぶりにその影を昔の流れに映した。小川の流れはここにきて急に幅広くなって、深くなって静かになって暗くなっている。

柳の間をもれる日の光が金色《こんじき》の線を水のうちに射て、澄《す》み渡《わた》った水底《みなぞこ》のじゃりが銀のように碧玉《たま》のように沈《しず》んでいる。

少年はかしこここの柳の株に陣取《じんど》って釣っていたが、今来た少年の方を振《ふ》り向いて一人の十二三の少年が
「檜山《ひやま》！　これを見ろ！」と言って腹の真っ赤な山鯈《やまばえ》の尺にも近いのを差し上げて見せた。そして自慢《じまん》そうに、うれしそうに笑った。

「上田、自慢するなッ。」と一人の少年が叫《さけ》んだ。

豊吉はつッと立ち上がって、上田と呼ばれた少年の方を向いて眉《まゆ》にしわを寄せて目を細くしてまぶしそうに少年の顔を見た。そしてそのそばに行った。

「どれ、今のをお見せなさい。」と豊吉は少年の顔を見ながら言ッた。

少年はいぶかしそうに豊吉を見て、不精無精《ふしょうぶしょう》に籠《かご》の口を豊吉の前に差し向けた。

「なるほど、なるほど。」豊吉はちょっと籠の中を見たばかりで、少年の顔を

山鯈　コイ目淡《たん》水魚のウグイのことか。ハヤ・ハエ。

じっとみながら「なるほど、なるほど。」といって小首を傾《かたむ》けた。

少年《こども》は「大きいだろう！」と鋭《するど》く言い放ってひったくるように籠《かご》を取って、水の中に突《つ》き込《こ》んだ。そして水の底をじっと見て、もうかたわらに人あるを忘れたようである。

豊吉《とよきち》は呆《あき》れてしまった。「どうしてもあにきの子だ、面《おも》ざしのよく似ているばかりか、今の声はあにきにそっくりだ。」となおも少年の横顔を見ていたが、画《え》だ、まるで画であった！　この二人の様《さま》は。

川柳《かわやなぎ》は日の光にその長い青葉をきらめかして、風のそよぐごとに黒い影《かげ》と入り乱れている。その冷ややかな陰《かげ》の水際《みぎわ》に一人の丸くふとッた少年が釣《つ》りを垂れて深い清い淵《ふち》の水面を余念なく見ている。その少年を少しはなれて柳の株に腰《こし》かけて、一人の旅人、零落《れいらく》と疲労《ひろう》をその衣服《きもの》と容貌《かお》に示し、夢みるごときまなざしをして少年を眺《なが》めている。小川の水上《みなかみ》の柳の上を遠く城山《じょうざん》の石垣《いしがき》のくずれたのが見える。秋の初めで、空気は十分に澄《す》んでいる、日の光は十分に鮮《あざ》やかである。画だ！　意味の深い画である。

城山　城を築いた山または丘陵《きゅうりょう》。

豊吉の目は涙《なみだ》にあふれてきた。瞬《また》きをしてのみ込《こ》んだ時、かれは思わずその涙をほうり落とした。そして何ともいえない懐《ゆか》しさを感じて、「ここだ、おれの生まれたのはここだ、おれの死ぬのもここだ、ああうれしいうれしい、安心した。」という心持ちが心の底のほうから湧《わ》いてきて、何となく、今までの長い間の辛苦艱難《しんくかんなん》が皮のむけたように自分を離《はな》れた心地《ここち》がした。

「お前のおとっさんの名はなんていうかね。」と豊吉は親しげに少年に近づいた。

少年は目を丸くして豊吉を見た。豊吉はなおも親しげに、

「貫一《かんいち》というだろう?」

少年は驚《おどろ》いて豊吉の顔をじっと見つめた。豊吉は少し笑いを含《ふく》んで、

「貫一さんはたっしゃかね。」

「たっしゃだ。」

「それで安心しました、ああそれで安心しました。お前は豊吉という叔父《おじ》さんのことをおとっさんから聞いたことがあろう。」

懐しさ　何とはないなつかしさ。

少年《こども》はびっくりして立ちあがった。

「お前の名は？」

「源造《げんぞう》。」

「源造、おれはお前の叔父《おじ》さんだ、豊吉《とよきち》だ。」

少年は顔色を変えて竿《さお》を投げ捨てた。そして何も言わず、士族屋敷《やしき》の方へと一参にかけていった。

ほかの少年らも驚《おどろ》いて、豊吉を怪《あや》しそうに見て、急に糸を巻くやら籠《かご》を上げるやら、こそこそと逃《に》げていってしまった。

豊吉は呆《あき》れ返って、ぼんやり立って、少年らのかけていく後ろ影《かげ》を見送った。

「上田《うえだ》の豊さんが帰ったそうだ。」とかれを記憶《きおく》し噂《うわさ》していた人々はみんなびっくりした。

豊吉二十《はたち》のころの知人皆《みな》四十五十の中老になって、子供もあれば、なかに

一参に　一散に。一目散に。

は孫もある、その人々が続々と見舞《みま》いにくる、ことに女の人、昔美しかった乙女《おとめ》の今はお婆《ばあ》さんの連中が、また続々と見舞いに来る。

人々は驚いた、豊吉のあまりに老《お》いぼれたのに。人々は祝った、その無事であッたを。人々は気の毒に思った、何事もなしえないでおちぶれて帰ったのを。そして笑った、そして泣いた、そして言葉を尽《つ》くして慰《なぐさ》めた。

ああ故郷《ふるさと》！　豊吉は二十年の間、一日も忘れたことはなかった、一時の成功にも一時の失敗にも。そして今、全然失敗して帰ッてきた、しかしかくまでに人々がわれに優《やさ》しいこととは思わなかった。

彼《かれ》は驚いた、兄をはじめ人々のあまりに優しいのに。そして泣いた、ただ何とはなしにうれしく悲しくって。そしてがっかりして急に年を取ッた。そして希望なき零落《れいらく》の海から、希望なき安心の島にと漂着《ひょうちゃく》した。

かれの兄はこの不幸なる漂流者《ひょうりゅうしゃ》を心を尽くして介抱《かいほう》した。その子供らはこの人の善い叔父にすっかり、懐《なつ》いてしまった。兄貫一《かんいち》の子は三人あって、お花というが十五歳《さい》で、その次がさきの源造《げんぞう》、末が勇《いさむ》という七つの可愛《かあい》い児《こ》

がっかりして　気が抜《ぬ》けて安心して。

である。

お花は叔父《おじ》を慰《なぐさ》め、源造《げんぞう》は叔父さんと遊び、勇《いさむ》は叔父さんにあまえた。豊吉《とよきち》はお花が土蔵《くら》の前の石段に腰掛《こしか》けてうたう唱歌をききながら茶室《はなれ》の窓に寄りかかって居眠《いねむ》り、源造に誘《さそ》われて釣《つ》りに出かけて居眠りながら釣り、勇の馬になッて、のそのそと座敷《ざしき》を這《は》いまわり、馬のなき声を所望《しょもう》されて、牛の鳴くまねとまちがえて勇に怒《おこ》られ、家《うち》じゅうを笑わせた。

かかるひまにお花と源造に漢書の素読《そどく》、数学英語の初歩などを授《さず》けたがもととなり、ともかく、遊んでばかりいてはかえってよくない、少年《こども》を集めて私塾《しじゅく》のようなものでも開いたら、自分のためにも他人《ひと》のためにもなるだろうとの説が人々の間に起こって、兄もむろん賛成してこのことを豊吉に勧《すす》めてみた。

豊吉は同意した。そして心ひそかによろこんだ、そのわけは、かれ初めより無事に日を送ることをよろこばなかった、のみならずついに何事をもなさず何をしでかすこともなく一生むなしく他《ひと》の厄介《やっかい》で終わるということはかれ

漢書の素読
漢文の書物の意義の理解はさておき、文字だけを声を出して読むこと。

私塾
私設の塾。江戸《えど》時代から明治期にかけて重要な教育機関の役割をになった。

無事
平穏《へいおん》であることがない状態。

にとって多少の苦痛であった。

希望なき安心の遅鈍《ちどん》なる生活もいつしか一月ばかりたって、豊吉はお花の唱歌を聞きながら、居眠ってばかりいない、秋の夕空晴れて星の光も鮮《あざ》やかなる時、お花にともなわれてかの小川のほとりなど散歩し、お花が声低く節哀《あわ》れにうたうを聞けばその沈《しず》みはてし心かすかに躍《おど》りて、その昔、失敗しながらも煩悶《はんもん》しながらもある仕事を企《くわだ》ててそれに力を尽《つ》くした日のほうが、今の安息無事よりも願わしいように感じた。

かれは思った、他郷《よそ》に出て失敗したのはあながちかれの罪ばかりでない、実にまた他郷《たきょう》の人のつれなきにもよるのである、さればもしこのような親切な故郷の人々の間にいて、事を企てなば、必ず多少の成功はあるべく、以前のような形なしの失敗はあるまいと。

かれは自分を知らなかった。自分の影《かげ》がどんなに薄《うす》いかを知らなかった。そして喜んで私塾設立の儀《ぎ》を承諾《しょうだく》した、さなきだにかれは自分で何らの仕事をかか企てんとしていて言い出しにくく思っていたところであるから。「杉《すぎ》の

遅鈍　のんびりしてにぶいこと。
唱歌　歌をうたうこと。

杜《もり》のひげ」の予言のあたったのはここまでである。さてこの以後が「ひげ」の予言しのこした豊吉《とよきち》の運命である。

月のよく冴《さ》えた夜の十時ごろであった。大川が急に折れて城山《じょうざん》の麓《ふもと》をめぐる、その崖《がけ》の上を豊吉独り、おのが影《かげ》を追いながら小さな藪路《やぶみち》をのぼりて行く。

藪の小路《こみち》を出ると墓地がある。古墳累々《こふんるいるい》と崖の小高いところに並んで、月の光を受けて白く見える。豊吉は墓の間を縫《ぬ》いながら行くと、一段高いところにまた数十の墓が並んでいる、その中のごく小さな墓――小松の根にある――の前に豊吉は立ち止まった。

この墓が七年前に死んだ「並木善兵衛之墓《なみきぜんべえのはか》」である、「杉《すぎ》の杜《もり》のひげ」の安眠所《あんみんじょ》である。

この日、兄の貫一《かんいち》その他の人々は私塾《しじゅく》設立の着手に取りかかり、片山という家《うち》の道場を借りて教場にあてることにした。この道場というは四間《けん》と五間

古墳　古い墓石。
累々　重なりあっているさま。
四間と五間　一間は約一・八メートル。

の板の間で、その以前豊吉も小学校から帰り路、この家の少年《こども》をがき大将としてあばれまわったところである。さらに維新前《いしんぜん》はお面お籠手《こて》のまことの道場であった。

人々は非常に奔走《ほんそう》して、二十人の生徒に用いられるだけの机と腰掛《こしか》けとを集めた、あるいは役場の物置より、あるいは小学校の倉の隅《すみ》より、半ば壊《こわ》れて用に立ちそうにないものをそれぞれ繕《つくろ》ってともかく、まにあわした。

明日は開校式を行うはずで、豊吉自らもいろんな準備をして、演説の草稿《そうこう》まで作った。岩――の士族屋敷《やしき》もこの日はそのために多少の談話と笑声とを増し、日ごろさびしい杉の杜付近《ふきん》までが何となくふだんとちがっていた。

お花は叔父《おじ》のために「君が代」をうたうことに定まり、源造《げんぞう》は叔父さんが先生になるというので学校に行ってもこの二三日《ち》は鼻が高い。勇《いさむ》はなんで皆《みな》が騒《さわ》ぐのか少しも知らない。

そこでその夜、豊吉は片山の道場へ明日の準備のしのこりをかたづけに行って、帰路、突然《とつぜん》方向を変えて大川のほとりへ出たのであった。

お面お籠手のまことの道場　実際に剣道の練習をする道場。

「ひげ」の墓に豊吉《とよきち》は腰《こし》をかけて月を仰《あお》いだ。「ひげ」は今の豊吉を知らない、豊吉は昔の「ひげ」の予言を知らない。

豊吉は大川の流れを見下ろしてわが故郷《ふるさと》の景色をしばし見とれていた、しばらくしてほっとため息をした、さもさもがっかりしたらしく。

実にそうである、豊吉《とよきち》の精根は枯《か》れていたのである。かれは今、堪《た》ゆべからざる疲労《ひろう》を感じた。私塾《しじゅく》の設立！　かれはこの言葉のうち、何らの弾力《だんりょく》あるものを感じなくなった。

山河月色《さんかげっしょく》、昔のままである。昔の知人の幾人《いくたり》かはこの墓地に眠《ねむ》っている。豊吉はこの時つくづく我《わ》が生涯《しょうがい》の流れももはや限りなき大海近く流れきたのを感じた。我と我が亡き友との間、半透明《はんとうめい》の膜一重《まくひとえ》なるを感じた。

そうでない、ただかれは疲《つか》れはてた。一杯《ぱい》の水を求めるほどの気もなくなった。

豊吉は静かに立ち上がって河の岸に下りた。そして水のほとりをとぼとぼとたどって河下《かわしも》の方へと歩いた。

弾力あるもの　いきいきした魅《み》力《りょく》。

限りなき大海近く流れきた　死を真近にひかえるところまできた。

月は冴《さ》えに冴えている。城山《じょうざん》は真っ黒な影《かげ》を河に映している。よどんで流るる辺りは鏡のごとく、瀬《せ》をなして流るるところは月光砕《くだ》けてぎらぎら輝《ひか》っている。豊吉は夢心地《ごこち》になってしきりに流れを下った。

河舟《かわぶね》の小さなのが岸につないであった。豊吉はこれに飛び乗るや、纜《ともづな》を解《と》いて、棹《みざお》を立てた。昔の河遊びの手練がまだのこっていて、船はするすると河心《かしん》に出た。

遠く河すそを眺《なが》むれば、月の色の隈《くま》なきにつれて、河霧《かわぎり》夢のごとく淡《あわ》く水面に浮《う》かんでいる。豊吉はこれを望んで棹を振《ふ》るった。船いよいよ下れば河霧しだいに遠ざかってゆく。流れの末はまもなく海である。

豊吉はついに再び岩――に帰ってこなかった。もっとも悲しんだものはお花と源造《げんぞう》であった。

棹を立てた　船を進めるのに用いる長い棹《さお》で川底を突《つ》いた。
手練　熟練した手際。

欺《あざむ》かざるの記（抄《せう》）

（明治二十八年七月）

二十日　降雨連日

夜十一時記す。

国民之友《こくみんのとも》、第二百五十七号の編集《へんしう》を今夜了《を》はる。

昨朝紅葉山人《こうえふさんじん》を訪《と》ふ。夏期付録の件なり。

「佐伯《さいき》に於《お》ける一年の生活」に就《つい》て熱血をそむる程《ほど》に著作せんと決心す。

この著作をもつて吾旧《われきう》生涯《しやうがい》を閉《と》ち、直ちに北海風雪のうちに投ぜんことを期す。

佐々城信子嬢《ささきのぶこじやう》との交情次第《しだい》に深からんとするかごとし、恋愛《れんあい》なるやも知れず。

二十一日

国民之友　（一八八七〜一八九八）民友社発行の総合雑誌。徳富蘇《そ》峰《ほう》主宰。独歩も一時期編集に従事した。

第二百五十七号　一八九五（明治二十八）年七月二十三日発行。

紅葉山人　尾崎《おざき》紅葉（一八六七〜一九〇三）。小説家。

夏期付録の件　『国民之友』二百五十九号（同年八月十三日発行）にのせるトルストイ作、小

午前九時より佐々城に至り午後四時帰宅す。

薄暮芝公園《はくぼしばこうえん》を散歩す。

帰りて『欺《あざむ》かざる記』（佐伯に於ける一年の生活）を作りはじむ。緒言《しよげん》八枚を作り了《を》はる。

吾《われ》は恐《おそ》らく恋愛したるには非《あら》ざるべし。ただ何となく女性の友を好むなるべし。

（同年八月）

二日

今朝信嬢《のぶじやう》来たりぬ。八時十五分より十時まで語りて去りたり。

嬢とわれとは最早分《もはやわか》つべからざる恋愛のうちに入りぬただ未《いま》だ互《たが》ひにその恋てふ文辞《ぶんじ》を公言せざるのみ。この次の対面には吾より公言すべし。最後の言葉を約すべし。

西増太郎訳、尾崎紅葉補『名曲クレーツェロワ』の件。

「佐伯に於ける一年の生活」　独歩は一八九三（明治二十六）年秋から翌年夏まで私立鶴谷学館の教師として今の大分《おおいた》県佐伯市に滞在した。

北海風雪のうちに投ぜん　北海道に移住しよう。

佐々城信子嬢　（一八七八〜一九四九）独歩の最初の夫人になった女性。

午後三時まで「死」を作る。
三時過ぎより佐々城《ささき》氏を訪《と》ひ、萱場三郎《かやばさぶろう》氏と相知る、氏は農学士なり。
古人の一詩を得て編集《へんしう》者の机上《きじやう》に置き帰りぬ。

希《ねがは》くは真理をかたく信ぜしめよ。
クリストが示したまひし真理を堅《かた》く信ぜしめよ。
曰《いは》く神の愛。罪のあがない。永久の命。善の勝利。生時の義務。

嗚呼《ああ》この不可思議なる世界に於《お》けるこの不思議の生命そのもの、真理を認めずしてだれかよく堪《た》ゆべきぞ。

十一日
日曜日。

芝公園　今の東京都港区にある公園。佐々城家の近くにあった。
緒言　はしがき。序言。
148・149……「死」　一週間前に書きはじめた小説の続稿《ぞくこう》。
萱場三郎　札幌《さっぽろ》農学校（北海道大学の前身の一つ）出身のキリスト教徒。
編集者　「国民新聞」（民友社発行）の編集者。

記憶《きおく》して忘るる能《あた》はざる日なり。

本日午前七時過ぎ、信嬢《のぶじやう》来たる。前日嬢と共に約するに一日の郊外閑遊《かうぐわいかんいう》をもつてす。これむしろ、嬢より申し出《い》でたるなり。余《よ》これを諾《だく》したり。しかして、これ互《たが》ひにある目的を有したるなり。嬢はこの日をもつてその心中の恋愛《れんあい》を明言し、余が決心を聞かんことを欲《ほつ》したるなり。余もまたこの日をもつて余が嬢に注く恋情《れんじやう》を直言し嬢の明答を得て、苦悶《くもん》を軽ふせんと欲したるなり。

互《たが》ひに黙契《もくけい》したるこの閑遊はつひに今日実行を見るに至りぬ。されどもちろんこれ秘々密々の事。

嬢と共に車を飛ばして三崎《みさき》町なる飯田《いひだ》町停車場に至る。着する時あたかも汽車発せんとする時なり。

直ちに「国分寺《こくぶんじ》」までの切符《きつぷ》を求めて乗車す。

「国分寺」に下車して、直ちに車を雇《やと》ひ、小金井《こがねゐ》に至る。小金井の橋畔《けうはん》に下車して、流れに沿ふて下る。

罪のあがない
罪をつぐなうこと。贖罪《しょくざい》。
真理を認めずして…堪ゆべきぞ
キリストの教えに真理を見出すことによってはじめて悠久《ゆうきゅう》な宇宙の中で有限の生に耐《た》えることができるのだ。
閑遊
ぶらぶら歩いてまわること。そぞろ歩き。
直言
自分の信ずるところを遠慮《えんりょ》せず言うこと。
黙契

堤上寂漠《ていじやうせきばく》、人影《じんえい》なし。ただ農家の婦、童子、等を見るのみ。これも極《きは》めてまれなり。

吾《われ》ら二人、いよいよ行きていよいよ人影まれなる処《ところ》に至り、互《たが》ひに腕《うで》を組んで歩む。

吾《わ》れつひに昨夜よりの苦悶および吾《わ》が信嬢《のぶじやう》に対する、一切《いつさい》の情を打ち明けて語りぬ。

昨夜よりの苦悶《くもん》とは、昨夜われ国民之友《こくみんのとも》校正のため、社楼《しやろう》に在りて、竹越《たけこし》氏と雑談の際、談たまたま佐々木《ママ》豊寿《とよし》夫人の事に及《およ》び、しかして竹越氏の曰《いは》く、豊寿さん今日吾《わが》宅を訪《と》ひぬ、その時の話の模様によれば、信子嬢を汐田某《しほたぼう》に嫁《か》せしむるつもりなるかごとしと。この言は極めて閑単《ママ》なりしもわが心を刺《さ》せし事、いかばかりぞや。

吾れ帰宅の後、独りつくづく思へらく、この事は信嬢自身も承知の事ならん。果たしてしからば信嬢は吾が愛を弄《ろう》したるなりと。

苦悶、措《お》く能《あた》はず、一書を裁して信嬢に送らんと一度書きて捨て、再び書

無言のうちに互いの気持ちが一《いっ》致《ち》すること。

車　人力車。

「国分寺」　甲武線国分寺駅。今のJR中央線国分寺駅。

流れ　玉川上水。

150・151

堤　今の東京都小金《こがね》井《い》市を流れる玉川上水の堤《つつみ》。

社楼　民友社の建物。

竹越氏　当時民友社で記者をしていた竹

し了《を》はりて、机上《きじやう》に置き、寝《しん》に就《つ》きたり。今朝は信嬢と共に豊寿夫人の北行を上野に送り、上野より直ちに二人、飯田町の停車場に会することを約し居たれども、余《よ》、前夜の事を思ひ、且《か》つ天曇《くも》り居たれば、上野に行かざりし。信嬢上野より来たり、閑遊《かんいう》を果たすべきを促《うなが》す。すなはち、ともかくも、人なき自由の林に入りて吾か苦悶のありたけを打ち明けんと欲し、同意して吾が宿処を出発したるなり。

信嬢は吾か腕をかたく擁《よう》して歩めり。吾れは一語一語、おもむろに語り。つひに恋愛《れんあい》するに至りし吾が心情を語る時、感迫《せま》りて涙《なみだ》をのむ。嬢もまた涙をのむ。

嬢の曰《いは》く、汐田某に嫁する云々《うんぬん》の事は全く偽報《ぎほう》なり。さる事はみぢんもなし。と

嬢は吾が愛よりもさらに切なる愛を吾《われ》に注《そそ》ぎ居たるなり。吾らは堅固《けんご》なる約束を立てたり。吾らが愛は永久かわらじと。

越三叉《さんさ》（一八六五〜一九五〇）。歴史家、政治家。

佐々木豊寿（一八五三〜一九〇一）信子の母。佐々城本支《ほんし》の後妻で、基督《キリスト》教婦人矯《きょう》風《ふう》会幹部。

閑単　簡単。

措く能はず　放置できない。

一書を裁して　手紙を一通書いて。

北行　北方への旅行。

余はブライアントの水鳥に寄する歌を語りて人生の永久の平和を語り、永生を語り、愛の無限ならざるべからざる事を語りぬ。

つひに桜橋に至る。

橋畔《けうはん》に茶屋あり。老媼老翁《らうあうらうおう》二人すむ。これに休息して後、境《さかひ》停車場の道に向かひぬ。

橋を渡《わた》り数十歩。家あり、右に折るる路《みち》あり。この路は林を貫《つらぬ》きて通ずるなり。

直ちに吾《われ》らこの路に入る。

林を貫きて、相擁《あひよう》して歩む。恋《こひ》の夢路！　余が心に哀感《あいかん》みちぬ。孃《じやう》に向かひて曰《いは》く。吾らもいつか彼《か》の老夫婦のごとかるべし。若き恋の夢もしばしならんのみと。

さらにこみちに入りぬ。計らず淋《さ》びしき墓地に達す。古墳《こふん》十数基《き》。幽草《いうさう》のうちに没《ぼつ》するを見る。

吾《わ》れ曰く。吾らまたしかるべし。と、

ブライアント（一七九四～一八七八）アメリカの詩人。

水鳥に寄する歌（一八一八）ブライアントの四行八連の詩。

幽草　深く生い茂《しげ》った草。

さらに林間に入り、新聞紙をしきて座《ざ》し、腕《うで》をくみて語る、若き恋の夢！嬢は乙女《をとめ》の恋の香に酔《よ》ひ殆《ほとん》ど小児《せうに》のごとくになりぬ。吾にその優《やさ》しき顔を重げにもたせかけ、吾れ何を語るもただしかりしかりと答ふるのみ。日光、緑葉《りよくえふ》にくだけ、涼風《りやうふう》林樹の間より吹《ふ》き来る。回顧《くわいこ》。寂《じやく》また寂。吾曰く、林は人間の祖先の家なりき。今は人、都会をつくりぬ。吾らは今自然児としてこのうちに自由なるべしと。

黙《もく》、また黙。嬢はその顔を吾か肩《かた》にのせ、吾が顔は嬢の額に磨《ま》す。嬢の右腕、力なげに吾が左腕をいだく。黙また黙。嬢の霊《れい》、吾に入り、吾か霊、嬢に入るの感あり。吾れ、頭を挙げて葉のすき間より蒼天《さうてん》を望みぬ。言ふべからざる哀感起こる。

吾れ曰く、吾が心何となく悲し。されど悲しきは思ふに両心相いだく、その極に起こる自然の情なるべし。この悲哀の感は、吾か愛恋《あいれん》の情をして更《さら》に深く更に真面目《まじめ》ならしむと。嬢はただうなづくのみ。

回顧　頭をめぐらせて周囲を見ること。

磨す　迫《せま》り近づく。摩する。

嬢の霊、吾に入り、吾か霊、嬢に入る　二人の魂《たましい》が完全に合致《がつち》した。

両心相いだく　二人の魂が一緒になった。

林を去るに望み、木葉数枚をちぎり、記念となして携《たづさ》へ帰りぬ。境《さかひ》停車場にて乗車す。中等室、吾《われ》ら二人のみ。不思議に数停車場つひに一人の吾らの室に来るものなし。

吾らは座を並べて座し、窓外の白雲、林樹、遠望を賞しつ、むしろ汽車遅《おそ》かれと願ひぬ。

余《よ》か帰宅したるは五時半なり。（十二時過ぎ）。

（同年十一月）

八日。

今朝徳富《とくとみ》氏を訪《と》ひ、左の書を得たり。

一、信子《のぶこ》等謝罪書に由《よ》り予《かね》て御申入《おんまうしいれ》に相成候《あひなりさうらふ》結婚之儀《けつこんのぎ》は識認致候事《しきにんいたしさうらふこと》。

一、同人等少なくとも一両年間は府下を立退《たちの》き候様御談被下度《やうおはなしくだされたく》候也《なり》。

一、父母弟妹間の音信並《ならび》面会は拒絶致《きよぜついた》し候事。右本人等に御談被下度候也。

中等室　当時の汽車の上中下三等級のうち二番めの級の車両。

徳富氏　「国民之友」「国民新聞」を主宰する徳富蘇峰《そほう》（一八六三〜一九五七）。ジャーナリスト、政治家、歴史家。

信子等謝罪書　独歩と信子の両親に対する詫《わ》び状。

識認　認識。

同人等　独歩と信子。

一両年

佐《さ》々《さ》城《き》豊《とよ》寿《し》
佐々城本《ほん》支《し》

明治二十八年七《ママ》月
徳《とく》富《とみ》猪《ゐ》一《いち》郎《ろう》殿

右の書を得たるまでの次第《しだい》を左に録す。

四日の夜、潮田《しほた》ちせ子老姉、丹野《たんの》直信氏の二氏来宅ありて、大いに勧告《かんこく》するところあり。

潮田老姉の曰《いは》く、佐々城にてはつひにこの度《たび》の件を一任する由《よし》公言せられたり。ついては御身達《おんみたち》も小老にすべてを一任せよ。しからばともかくも目《め》出度《でた》く結婚せしめむ。その間信子は丹野もしくは潮田に寄宿すべし云々《うんぬん》。吾これを排《はい》して受けず。曰く、御依頼《ごいらい》申して、一任致したけれども、いよいよいかにして結婚せしむてふ条件を知らしたまふに非《あら》ずんば信子をして去らしめ難《がた》し云々。相談まとまらずして二氏去る。

六日朝徳富氏を訪ふ。最後の談判を佐々城氏に試み、自ら媒酌人《ばいしやくにん》となりて目出度く成就《じやうじゆ》せしめやらんと申さる。依頼《いらい》し帰り、佐々城氏へのわび書

一、二年。

府下　東京府（今の東京都）内。

音信並面会　手紙をやりとりすることと会うこと。

佐々城本支（一八四三～一九〇一）信子の父。内科医。

徳富猪一郎　徳富蘇峰の本名。

潮田ちせ子（一八四四～一九〇三）基督《キリスト》教婦人矯《きょう》風《ふう》会幹部。

丹野直信　佐々城豊寿のいとこ。

および徳富氏《とくとみ》への依頼《いらい》書二通を徳富氏に送り置きたり。

今日つひに成就《じやうじゆ》す。


高岡氏より来状あり。返書を出し置く。

昨夜吉見氏に書状を発す。萱場《かやば》氏の事なり。

一昨日西国立志編《さいこくりつしへん》を読み了《をは》る。

昨日、物語を読み了る。


十一日。

午後七時信子嬢《のぶこじやう》と結婚《けつこん》す。

わが恋愛《れんあい》はつひに勝ちたり。

われはつひに信子を得たり。

植村正久氏の司式の下《もと》に、徳富君の媒介《ばいかい》の下に、竹越与三郎《たけこしよさぶらう》君の保証の下に、潮田《しほた》ちせ老婦の世話の下に、吾《わ》が宅において、父および弟列席の上、目出度《めでた》く結婚の式を挙げたり。

排して　しりぞけて。
結婚せしむてふ　結婚させようという。
目出度く成就せしめやらん　めでたく結婚までこぎつけさせてあげよう。

156・157
高岡氏　高岡熊雄《くまお》。山口中学での独歩の同級生。
吉見氏　山口県熊毛《くまげ》郡麻郷村の吉見ときの家。かつて独歩の一家がそこに住んでいた。

二十一日。

十九日、信子と共に逗子《づし》に幽居《いうきよ》す。以後記するところは幽居の日記および感想なり。

十九日の朝、徳富猪一郎《ゐいちろう》氏より相談あれば来たれとの葉書到着《たうちやく》せしかば直ちに訪問したり。氏は吾《われ》を諭《さと》すに、佐々城豊寿《ささきとよし》夫人および潮田ちせ老婦に対する態度の更《さら》に親密なるべきをもつてせり。且《か》つ曰《いは》く、事は為《な》すは難《かた》し。まさに真面目《まじめ》に確実ならざるべからず云々《うんぬん》。吾感激するところありたり。

徳富猪一郎氏を辞して帰宅するや信子と共に潮田夫人を訪問したり。三浦氏の事、よき嬢の事を聞きぬ。潮田を辞して直ちに新橋《しんばし》停車場に赴《おもむ》き、收二および尾間氏の尽力《じんりよく》にて首尾《しゆび》よく乗り遅《おく》れもせずして乗車するを得たり。天曇《くも》り天気沈静《ちんせい》の日なりき。横浜《よこはま》停車場に着したるころは細雨来たりぬれど大船《おほふな》にては止《や》みたり。

逗子停車場に柳屋《やなぎや》の主人ありき。柳屋とは幽居のためその一室を借り受けたる農家なり。今年夏、徳富家の借室《しやくしつ》したるも同家なり。

西国立志編　（一八七一）スマイルズ『自助論』を中村正直《まさなお》が邦訳《ほうやく》したもの。

植村正久　（一八五七〜一九二五）牧師、キリスト教思想家、評論家。

司式　多くの教会で、儀式《ぎしき》の司会をすることを言う。

竹越与三郎　竹越三叉《さんさ》の本名。

幽居　世俗《せぞく》を避《さ》け静かなところに引きこもって暮らすこと。

薄暮《はくぼ》信子《のぶこ》と共に葉山《はやま》に至り、厨具《ちゆうぐ》を買ひ求めて帰宅す。天曇り風暗し。風濤《ふうとう》の音、終夜枕頭《ちんとう》に響《ひび》きぬ。

二十日、午後信子と共に鎌倉《かまくら》なる星良子嬢《じやう》を訪問せり。嬢は信子の従姉《いとこ》なり。明治女学校に今夏入校したれど、もと横浜《よこはま》女学校の学生なり。病を養ふて鎌倉《かまくら》なる星野天知《ほしのてんち》氏の別業にあり。

別業を辞して門を出《い》づれば朧《おぼ》ろなる三ケ月山の端《はし》にかかりぬ。遠近の暮煙《ぼえん》何となく哀《あは》れをこめたり。

今日朝まだきより降雨。

熱心、大胆《だいたん》、忍耐《にんたい》。

三浦氏　三浦逸平。遠藤よきの姉の夫。

よき　遠藤よき。信子の海岸女学校時代の友人。

収二　国木田収二（一八七八～一九三二）。独歩の弟。

尾間氏　尾間明。大分県《おおいた》佐伯《さいき》から独歩に連れられて上京した四人のうちの一人。

大船　今のJR東海道線大船駅。

徳富家

徳冨蘆花《とくとみろか》夫妻。蘆花（一八六八〜一九二七）は蘇峰《そほう》の弟で、小説家。

158

葉山　今の神奈川《かながわ》県三浦《みうら》郡葉山町。

厨具　台所用品。

風濤　風が吹《ふ》いて波が立つこと。風浪《ふうろう》。

星良子（一八七六〜一九五五）相馬愛蔵と結婚して新宿中村屋を創業、随筆《ずいひつ》も書いた相馬黒光《こっこう》。

明治女学校（一八八五〜一九〇八）キリスト教系の私立女学校。北《きた》村透谷《むらとうこく》や島崎藤《しまざきとう》村《そん》が教鞭《きょうべん》をとったこともある。

横浜女学校　一八七〇（明治三）年横浜に開設されたキリスト教系の私立フェリス女学校（フェリス女学院大学の前身）。

星野天知（一八六二〜一九五〇）「文学界」同人の文学者。

別業　別荘。

暮煙　夕暮れの煙《けむり》。

非凡《ひぼん》なる凡人《ぼんじん》

上

五六人の年若い者が集まって互《たが》いに友の上を噂《うわさ》し合ったことがある、その時、一人が――

僕《ぼく》の小供《こども》の時からの友に桂正作《かつらしょうさく》という男がある、今年二十四で今は横浜《よこはま》のある会社に技手《ぎしゅ》として雇《やと》われもっぱら電気事業に従事しているが、まずこの男ほど類のちがった人物はあるまいかと思われる。

非凡人《ひぼんじん》ではない。けれども凡人でもない。さりとて偏物《へんぶつ》でもなく、奇人《きじん》でもない。非凡なる凡人というが最も適評かと僕は思っている。

僕は知れば知るほどこの男に感心せざるを得ないのである。感心すると言ったところで、秀吉《ひでよし》とか、ナポレオンとかそのほかの天才に感心するのとはちがうので、この種の人物は千百歳《さい》に一人も出るか出ないかであるが、桂正作のごときは平凡なる社会が常に産出し得《う》る人物である、また平凡なる社

技手　会社などで技師の下にあって技術に関する仕事をする人。
類のちがった　普通《ふつう》とちがった。
非凡人　衆人よりはるかにすぐれている人。
偏物　変わり者。変人。奇人《きじん》。
非凡なる凡人　無名の存在であるにもかかわらず人々の模範《もはん》となるようなすぐれた人。
千百歳に一人

会が常に要求する人物である。であるから桂のような人物が一人殖《ふ》えればそれだけ社会が幸福なのである。僕の桂に感心するのはこの意味においてである。また僕が桂をば非凡なる凡人と評するのもこのゆえである。

僕らがまだ小学校に通っている時分であった。ある日、その日は日曜で僕は四五人の学校仲間と小松山《こまつやま》へ出かけ、戦争の真似《まね》をして、我こそ秀吉だとか義経《よしつね》だとか、十三四にもなりながら馬鹿《ばか》げた腕白《わんぱく》を働いて大あばれにあばれ、ついに喉《のど》が渇《かわ》いてきたので、山のすぐ麓《ふもと》にある桂正作の家《うち》の庭へ、裏山からドヤドヤと駈《か》け下りて、案内も乞《こ》わず、いきなり井戸辺《いどばた》に集まって我《われ》がちにと水を汲《く》んで呑《の》んだ。

すると二階の窓から正作が顔を出してこっちを見ている。僕はこれを見るや、

「来ないか。」と呼んだ。けれどもいつにないまじめくさった顔つきをして頭を横に振《ふ》った。腕白のほうでも人並みのことをしてのける桂正作、不思議と出てこないので、僕らも強《し》いては誘《さそ》わず、そのまままた山に駈け登ってし

千年に一人、百年に一人。

まった。
騒《さわ》ぎ疲《くた》ぶれてみんな散り散りにわが家へと帰り去り、僕《ぼく》は一人桂《かつら》の宅《うち》に立ち寄った。黙《だま》って二階へ上がって見ると、正作《しょうさく》は「テーブル」に向かい椅子《いす》に腰《こし》をかけて、一心になって何か読んでいる。

僕はまずこの「テーブル」と椅子のことから説明しようと思う。「テーブル」というは粗末《そまつ》な日本机の両脚《りょうあし》の下に続台《つぎだい》をした品物で、椅子とは足続《あしつ》ぎの下に箱を置いただけのこと。けれども正作はまじめでこの工夫《くふう》をしたので、学校の先生が日本流の机は衛生に悪いと言った言葉をなるほどと感心してすぐこれだけのことを実行したのである。そしてその後常にこの椅子テーブルで彼《かれ》は勉強していたのである。そのテーブルの上には教科書その他の書籍《しょせき》を丁寧《ていねい》に重ね、筆墨《ひつぼく》の類まで決して乱雑に置いてはない。で彼は日曜のいい天気なるにもかかわらず何の本か、脇目《わきめ》もふらないで読んでいるので、僕はその傍《そば》に行って、

「何を読んでいるのだ。」と言いながら見ると、洋綴《ようと》じの厚い本である。

続台
机を高くするため机の脚の下においた台。

足続ぎ
踏《ふ》み台。

洋綴じ
洋風に製本した書物。西洋綴じ。

「西国立志編《さいこくりっしへん》だ。」と答えて顔を上げ、僕を見たそのまなざしはまだ夢の醒《さ》めない人のようで、心はなお書籍の中にあるらしい。

「おもしろいかね？」

「ウン、おもしろい。」

「日本外史《にほんがいし》とどっちがおもしろい。」と僕が問うや、桂は微笑《わらい》を含《ふく》んで、ようやく我にかえり、いつもの元気のよい声で、

「そりゃアこのほうがおもしろいよ。日本外史とは物がちがう。昨夜《ゆうべ》僕は梅《うめ》田《だ》先生のところから借りて来てから読みはじめたけれどおもしろうてやめられない。僕はどうしても一冊買うのだ。」と言ってうれしくってたまらないふうであった。

その後桂はついに西国立志編を一冊買い求めたが、その本というは粗末至《そまつし》極《ごく》な洋綴じで、一度読みおわらないうちにすでにバラバラになりそうなしろものゆえ、彼はこれを丈夫《じょうぶ》な麻糸《あさいと》で綴じ直した。

この時が僕も桂も数え年の十四歳《さい》。桂は一度西国立志編の美味《うまみ》を知って以

日本外史（一八二九）頼山《らいさん》陽《よう》の書いた漢文体の歴史書。

後は、何度この書を読んだかしれない、ほとんど暗誦《あんしょう》するほど熟読したらしい、そして今日といえども常にこれを座右に置いている。

げに桂正作《かつらしょうさく》は活《い》きた西国立志編《さいこくりっしへん》と言ってよかろう、桂自身でもそう言っている。

「もし僕《ぼく》が西国立志編を読まなかったらどうであったろう。僕の今日あるのは全くこの書のお陰《かげ》だ。」と。

けれども西国立志編（スマイルスの自助論《セルフヘルプ》）を読んだものは洋の東西を問わず幾《いく》百万人あるかしれないが、桂正作のように、「余《よ》を作りしものはこの書なり。」と明言し得《う》る者ははたして幾人《いくにん》あるだろう。

天が与《あた》えた才能からいうと桂は中位《ちゅうい》の人たるにすぎない。学校における成績も中等で、同級生のうち、彼《かれ》よりも優《すぐ》れた少年はいくらもいた。また彼はかなりの腕白者《わんぱくもの》で、僕らといっしょにずいぶんあばれたものである。それで学校においても郷党に在《あ》っても、特に人から注目せられる少年ではなかった。

けれども天の与えた性質からいうと、彼は率直《そっちょく》で、単純で、そしてどこか

座右に置いている　いつも手許《てもと》において愛読している。

スマイルス　スマイルズ（一八一二～一九〇四）。イギリスの著述家。

圧ゆべからざる　おしとどめることのできない。

敢為の気象　事物をおしきってする気質。

山気　万一の幸運をあてにして何かをしようとする気質。

有為　将来性のあるこ

に圧《おさ》ゆべからざる勇猛心《ゆうもうしん》を持っていた。勇猛心というよりか、敢為《かんい》の気象と言ったほうがよかろう。すなわち一転すれば冒険心《ぼうけんしん》となり、再転すれば山気《やまぎ》となるのである。現に彼の父は山気のために失敗し、彼の兄は冒険のために死んだ。けれども正作は西国立志編のお陰で、この気象に訓練を加え、堅実《けんじつ》なる有為《ゆうい》の精神としたのである。

ともかく、彼の父は尋常《じんじょう》の人ではなかった。やはり昔の武士で、維新《いしん》の戦争にも出てひとかどの功をも立てたのである。体格は骨太の頑丈《がんじょう》な作り、その顔は眼《まな》ジリ長く切れ、鼻高く一見して堂々たる容貌《ようぼう》、気象も武人気質《かたぎ》で、容易に物に屈《くっ》しない。であるからもし武人のままで押《お》し通したならば、少なくとも藩閥《はんばつ》の力で今日は人にも知られた将軍になっていたかもしれない。が、彼は維新の戦争から帰るとすぐ「農」の一字に隠《かく》れてしまった。隠れたというよりか出直したのである。そして「殖産《しょくさん》」という流行語にかぶれてついに破産してしまった。

桂家の屋敷《やしき》は元来《もと》、町に在ったのを、家運の傾《かたむ》くとともにこれを小松山《こまつやま》の

と。役に立つこと。

尋常の人　なみの人。普通の人。

維新の戦争　明治維新の時の新政府軍と旧幕府側との戦い。戊辰《ぼしん》戦争。

藩閥　同藩出身者が政府の要職を独占して政治をその利害関係によって動かそうとしたこと。特に薩《さつ》摩《ま》（鹿児島《かごしま》県）、長州《ちょうしゅう》（山口県）、土佐《とさ》（高知県）、肥前《ひぜん》（佐賀県）

下に運んで建て直したので、その時も僕《ぼく》の父などはこう言っていた、あれほどの立派な屋敷《やしき》をぶち壊《こわ》さないでそのまま人に譲《ゆず》り、その金で別に建てたらよかろうと。けれども、桂正作《かつらしょうさく》の父の気象はこの一事でもわかっている。小松山《こまつやま》の麓《ふもと》に移ってこのかたは、純粋《じゅんすい》の百姓《ひゃくしょう》になって正作の父は働いているのを僕はしばしば見た。

であるから正作が西国立志編《さいこくりっしへん》を読みはじめたころは、その家政はよほど困難であったにちがいない。けれどもその家庭にはいつも多少の山気《やまぎ》が浮動《ふどう》していたという証拠《しょうこ》には、正作がある日僕に向かって、うちには田中鶴吉《たなかつるきち》の手紙があると得意らしく言ったことがある。その理由《いわれ》は、桂の父が、当時世間の大評判《おおひょうばん》であった田中鶴吉の小笠原拓殖《おがさわらたくしょく》事業にひどく感服して、わざわざ書面を送って田中に敬意を表したところ、田中がまたすぐ礼状を出してそれが桂の父に届いたという一件、またある日正作が僕に向かい、今から何カ月とかすると蛤《はまぐり》をたくさんご馳走《ちそう》するというから、なぜだときくと、父が蛤の繁殖《はんしょく》事業をはじめ、種を取り寄せて浜《はま》に下ろしたから遠からず、この付近は

藩《はん》の出身者を中心とする政治派《は》閥《ばつ》をいう。

「農」の一字に隠れてしまった　全くの農民になってしまった。

「殖産」　産業を盛《さか》んにすること。明治政府は殖産興業を基本政策の一つとした。

168・169

田中鶴吉　東洋のロビンソンといわれた明治期の漂流《ひょうりゅう》生活経験者。

小笠原　八丈島《はちじょうじま》南方約

蛤が非常に採れるようになると答えた。まずこれらのことで家庭の様子も想像することができるのである。

父の山気を露骨《ろこつ》に受けついで、正作の兄は十六の歳《とし》に家を飛び出し音信不通、行《ゆ》き方《がた》知れずになってしまった。布哇《ハワイ》に行ったとも言い、南米に行ったとも噂《うわさ》せられたが、実際のことは誰《たれ》も知らなかった。

小学校を卒業するや、僕は県下の中学校に入ってしまい、しばらく故郷を離《はな》れたが正作は家政の都合でそういうわけにゆかず、周旋《しゅうせん》する人があって某《なにがし》銀行に出ることになり給料四円か五円かで某町まで二里の道のりを朝夕《ちょうせき》往復することになった。

間もなく冬休みになり、僕は帰省の途《と》について故郷《ふるさと》近く車で来ると、小さな坂がある、その麓で車を下り手荷物を車夫に托《たく》し、自分はステッキ一本で坂を登りかけると、僕の五六間さきをゆく少年がある、身に古ぼけたトンビを着て、手に古ぼけた手提《てさ》げカバンを持って、静かに坂を登りつつある、その姿がどうも桂正作に似ているので、

布哇　七百キロメートルの太平洋上に散在する、東京都に属する諸島。

拓殖　未開の土地に移住し開拓すること。

種　生きものの発生するもと。ここでは蛤の稚《ち》貝。

中学校　今の中学と高校を合わせた形の旧制度の学校。

家政　一家の暮らし向き。

トンビ　ダブルの袖《そで》なし

「桂《かつら》君じゃアないか。」と声をかけた。後ろを振《ふ》り向いて破顔一笑《いっしょう》したのは
まさしく正作《しょうさく》。立ち止まって僕《ぼく》をまち、

「冬休みになったのか。」

「そうだ君はまだ銀行に通ってるか。」

「ウン、通ってるけれども少しもおもしろくない。」

「どうしてや?」と僕は驚《おどろ》いて聞いた。

「どうしてという訳もないが、君なら三日と辛棒《しんぼう》ができないだろうと思う。だいいち僕は銀行業からして僕の目的じゃないのだもの。」

二人は話しながら歩いた、車夫のみ先へやり。

「何が君の目的だ。」

「工業で身を立つる決心だ。」と言って正作は微笑《びしょう》し、「僕は毎日この道を往復しながらいろいろ考えたが、発明に越《こ》す大事業はないと思う。」

ワットやステブンソンやエジソンは彼《かれ》が理想の英雄《えいゆう》である。そして西国立《さいこくりっ》志編《しへん》は彼の聖書《バイブル》である。


外套《がいとう》。二重まわし。インバネス。

170・171
破顔一笑　顔をほころばせてにっこり笑うこと。
発明に越す　発明以上の。
ワット　（一七三六～一八一九）イギリスの技師、発明家。
ステブンソン　（一七八一～一八四八）イギリスの技師。
エジソン　（一八四七～一九三一）アメリカの発明

僕のだまってうなずくを見て、正作はさらに言葉をつぎ、
「だから僕は来春《らいはる》は東京へ出ようかと思っている。」
「東京へ？」と驚いて問い返した。
「そうサ東京へ。旅費はもうできたが、むこうへ行って三月ばかりは食えるだけの金を持っていなければ困るだろうと思う。だから僕は父に頼《たの》んで来年の三月までの給料は全部僕がもらうことにした。だから四月早々は出立《たて》るだろうと思う。」

桂正作の計画はすべてこの筆法である。彼はずいぶん少年にありがちな空想を描《えが》くけれども、計画を立ててこれを実行する上については少年の時から今日に至るまで、少しも変わらず、一定の順序を立てて一歩一歩と着々実行してついに目的どおりに成就《じょうじゅ》するのである。むろんこれは西国立志編の感化でもあろう、けれども一つには彼の性情が祖父に似ているからだと思われる。彼の祖父の非凡《ひぼん》な人であったことを今ここで詳《くわ》しく話すことはできないが、その一つを言えば真書太閤記《しんしょたいこうき》三百巻を写すに十年計画を立ててついにみごと

家。

筆法　物事のやり方。

真書太閤記　（一八四九〜一八六五）豊臣秀吉《とよとみひでよし》を主人公とする全三百六十巻の実録風一代記。

写し終わったことがある。僕《ぼく》も桂《かつら》の家《うち》でこれを実見《じっけん》したが今でもその気根《きこん》の大いなるに驚《おどろ》いている。正作《しょうさく》は確かにこの祖父の血を受けたにちがいない。もしくはこの祖父の感化を受けただろうと思う。

途上種々《とじょうしゅじゅ》の話でわれわれ二人は夕暮れに帰宅《きたく》し、その後僕は毎日のように桂にあって互《たが》いに将来の大望《アンビション》を語り合った。冬休みが終わりいよいよ僕は中学校の寄宿舎に帰るべく故郷《ふるさと》を出立する前の晩、正作が訪《たず》ねてきた。そして言うには今度会うのは東京だろう。三四年は帰郷しないつもりだからと。僕もそのつもりで正作に別れを告げた。

明治二十七年の春、桂は計画どおりに上京し、東京から二三度手紙を寄こしたけれど、いつも無事を知らすばかりで別に着京後の様子を告げない。また故郷《くに》の者誰《たれ》もどうして正作が暮らしているか知らない、父母すら知らない、ただ何人《なんぴと》も疑わないことが一つあった。曰《いわ》く桂正作は何らかの計画を立ててその目的に向かって着々歩を進めているだろうという事実である。

僕は三十年の春上京した。そして宿所《やど》がきまるや、さっそく築地《つきじ》何町《まち》何番

気根の大いなる　大変に根気がいい。

築地　今の東京都中央区築地。

地、何の某方《なにがしかた》という桂の住所を訪ねた。この時二人はすでに十九歳《さい》。

下

午後三時ごろであった。僕は築地何町を隅《すみ》から隅まで探して、ようやくのことで桂の住家《すみか》を探し当てた。容易にわからぬも道理、某方というその某は車屋の主人ならんとは。とある横町の貧しげな家ばかり並んでいる中に挟《はさ》まって九尺間口《くしゃくまぐち》の二階屋、その二階が「活《い》ける西国立志編《さいこくりっしへん》」君の巣である。

「桂君という人があなたの処《ところ》にいますか。」

「へイいらっしゃいます、あの書生さんでしょう。」との山の神の挨拶《あいさつ》。声を聞きつけてミシミシと二階を下りて来て「ヤア」と現れたのが、一別以来三年会わなんだ桂正作である。

足も立てられないような汚《きたな》い畳《たたみ》を二三枚歩いて、狭《せま》い急な階子段《はしごだん》を登り、通された座敷《ざしき》は六畳敷《じょうじき》、煤《すす》けた天井《てんじょう》低く頭を圧し、畳も黒く壁《かべ》も黒い。

車屋　人力車を用意して利用客を待っている家。車宿《やど》。

山の神　妻。女房《にょうぼう》。

けれども黒くないものがある。それは書籍《しょせき》。桂《かつら》ほど書籍を大切にするものは少ない。彼《かれ》はいかなる書物でも決して机の上や、座敷《ざしき》の真ん中に放擲《ほうてき》するようなことなどはしない。こう言うと桂は書籍ばかりを大切にするようなれど必ずしもそうでない。彼は身のまわりのものすべてを大事にする。

見ると机もかなり立派。書籍箱もさまで黒くない。彼はその必要品を粗《そ》略《りゃく》にするほど、東洋豪傑《ごうけつ》風の美点も悪癖《あくへき》も受けていない。今の流行語で言うと、彼は西国立志《さいこくりっし》編《へん》の感化を受けただけにすこぶるハイカラ的である。今にして思う、僕《ぼく》はハイカラの精神の我《わ》が桂正作《しょうさく》を支配したことを皇天《こうてん》に感謝する。

机の上を見ると、教科書用の書籍そのほかが、例のごとく整然として重ねてある。その他周囲の物すべてがみなその処《ところ》を得て、キチンとしている。

室《しつ》の下等にして黒く暗憺《あんたん》なるを憂《うれ》うるなかれ、桂正作はその主義と、その性情によって、すべてこれらの黒くして暗憺たるものをば化して純潔にして

放擲
ほうり出す。投げやりにする。

東洋豪傑風
度胸がすわっていてこせこせしないが、周囲をかえりみず万事乱雑に扱《あつか》いまた乱暴にふるまうような。

ハイカラ的
西洋風。近代的。

皇天
天をつかさどる神。上帝。天。

暗憺
うす暗くものすごいさま。

胸臆を開いて

高貴、感嘆《かんたん》すべく畏敬《いけい》すべきものとなしているのである。

　彼は例のごとくいとも快活に胸臆《きょうおく》を開いて語った。僕の問うがままに上京後の彼の生活をば、恥《は》じもせず、誇《ほこ》りもせず、平易に、率直《そっちょく》に、詳《くわ》しく話して聞かした。

　彼ほど虚栄心《きょえいしん》の少ない男は珍《めずら》しい。その境遇《きょうぐう》に処《しょ》し、その信ずるところを行《おこな》うて、それで満足し安心し、そして勉励《べんれい》している。彼は決して自分と他人とを比較《ひかく》しない。自分は自分だけのことをなして、運命に安んじて、そして運命を開拓《かいたく》しつつ進んでゆく。

　一別以来、正作のなしたことを聞くと実にこのとおりである。僕は聞いているうちにもますます彼を尊敬する念を禁じ得なかった。

　彼は計画どおり三カ月の糧《りょう》を蓄《たくわ》えて上京したけれども、座してこれを食らう男ではなかった。

　何がなおもしろい職を得たいものと、まず東京じゅうを足に任して遍巡《へめぐ》り歩いた。そして思いついたのは新聞売りと砂書《すな》き。九段《くだん》の公園で砂書きの翁《おやじ》

心を開いて思うままに。
処し　対処し。
勉励　つとめ励《はげ》むこと。
座してこれを食らう　働かないで暮らす。座食する。
砂書き　手にした五色の砂を少しずつ地面にこぼして絵や文字を描《えが》き、見物賃をもらうこと。砂絵。
九段　今の東京都千代田区九段北、九段南のあたり。

を見て、彼《かれ》は直ちにこれと物語り、事情を明かして弟子《でし》入りを頼《たの》み、それより二三日《にさんち》の間稽古《けいこ》をして、間もなく大道の傍《かたわ》らに座《すわ》り、一銭、五厘《りん》、時には二銭を投げてもらってでたらめを書き、幾銭《いくら》かずつの収入を得た。

ある日、彼は客のなきままに、自分で勝手なことを書いては消し、ワット、ステブンソン、などいう名を書いていると、八《やッ》つばかりの男の児《こ》を連れた衣装《みなり》の善い婦人が前に立った。「ワット」と小供《こども》が読んで、「母《かあ》さま、ワットとは何のこと?」ときいた。桂《かつら》は顔を挙《あ》げて小供にわかりやすいようにこの大発明家のことを話して聞かし、「坊様《ぼうさま》も大きくなったらこんなえらい人におなりなさいよ。」と言った。そうすると婦人が「失礼ですけれど。」と言いつつ二十銭銀貨を手渡《てわた》しして立ち去った。

「僕《ぼく》はその銀貨をつかわないでまだ持っている。」と正作《しょうさく》は言って罪のない微笑《びしょう》をもらした。

彼はかく労働している間、その宿所は木賃宿、夜は神田《かんだ》の夜学校に行って、もっぱら数学を学んでいたのである。

一銭、五厘　貨幣《かへい》単位で、銭は円の百分の一、厘は銭の十分の一。

木賃宿　炊事《すいじ》用の薪代《たきぎだい》を払わせて客を泊める安宿。

神田　今の東京都千代田区神田一帯。明治期には学校が多かった。

日清《にっしん》の間が切迫《せっぱく》してくるや、彼はすぐと新聞売りになり、号外で意外の金をもうけた。

かくてその歳《とし》も暮れ、二十八年の春になって、彼は首尾《しゅび》よく工手《こうしゅ》学校の夜学部に入学し得たのである。

かつ問いかつ聞いているうちに夕暮れ近くなった。

「飯を食いに行こう！」と桂は突然《とつぜん》言って、机のひきだしから手早く蟇口《がまぐち》を取り出して懐《ふところ》へ入れた。

「どこへ？」と僕は驚《おどろ》いてたずねた。

「飯屋へサ。」と言って正作は立ちかけたので、

「イヤ飯なら僕は宿屋《やど》へ帰って食うから心配しないほうがいいよ。」

「まアそんなことを言わないでいっしょに食いたまえな。そして今夜はここへ泊《と》まりたまえ。まだ話がたくさん残っておる。」

僕もその意に従い、二人して車屋を出た。路《みち》の二三丁も歩いたが、桂はその間も愉快《ゆかい》に話しながら、国元のことなど聞き、今年のうちに一度故郷《くに》に帰

日清の間が切迫してくる　日清戦争が今にも始まりそうになる。
工手学校　鉄道や電気などの工事に従事する技術者を養成する学校。今の工学院大学の前身。

りたいなど言っていた。けれども僕《ぼく》は桂《かつら》の生活の模様《もよう》から察して、三百里外の故郷《こきょう》へ往復することの到底《とうてい》、言うべくして行うべからざるを思い、別に気にも留めず、帰れたら一度帰って父母を見舞《みま》いたまえくらいの軽い挨拶《あいさつ》をしておいた。

「ここだ！」と言って桂は先に立って、縄暖簾《なわのれん》をくぐった。僕はびっくりして、しばしためらっているとうちから「オイ君！」と呼んだ。しかたがないから入ると、桂はほどよき場所に陣取《じんど》って笑《え》みを含《ふく》んでこっちを見ている。見まわすと、桂のほかに四五名の労働者らしい男がいて、長い食卓《しょくたく》に着いて、飯を食う者、酒を呑《の》むもの、ことのほか静粛《せいしゅく》である。二人差し向かいで卓《たく》に倚《よ》るや、

「僕は三度三度ここで飯を食うのだ。」と桂は平気で言って、「君は何を食うか。何でもできるよ。」

「何でもいい、僕は。」

「そうか、それでは。」と桂は女中に向かって二三品命じたが、その名は符《ふ》

三百里外　遠くへだたった所。

縄暖簾　居酒屋や一膳飯屋などの入り口にかけてある縄ののれん。

労働者　主として肉体労働に従事する人。

符牒　合図の隠語《いんご》。合言葉。

紳士

牒《ちょう》のようで僕にはわからなかった。しばらくすると、刺身《さしみ》、煮肴《にざかな》、煮《に》しめ、汁《しる》などが出て飯を盛った茶碗《ちゃわん》に香《こう》の物《もの》。

　桂はうまそうに食いはじめたが、僕は何となく汚《きたな》らしい気がして食う気にならなかったのを無理に食いはじめていると、思わず涙《なみだ》がこみあげてきた。桂正作《しょうさく》は武士の子、今や彼《かれ》が一家《いっけ》は悲運の底にあれど、要するに彼は紳士《しんし》の子、それが下等社会といっしょに一膳《いちぜん》めしに舌打ち鳴らすか、と思って涙ぐんだのではない。決してそうではない。いやいやながら箸《はし》を取って二口三口食うや、卒然《そつぜん》、僕は思った、ああこの飯はこの有為《ゆうい》なる、勤勉なる、独立自活して自ら教育しつつある少年が、労働してもうけ得た金で、心ばかりの馳《ち》走《そう》をしてくれる好意だ、それを何ぞやまずそうに食らうとは！　桂はここで三度の食事をするではないか、これをいやいやながら食う自分は彼の竹馬の友と言わりょうかと、そう思うと僕は思わず涙を呑んだのである。そして僕は急に胸がすがして、桂とともにおいしく食事をして、縄暖簾を出た。

　その夜《よ》二人で薄《うす》い布団《ふとん》にいっしょに寝《ね》て、夜の更《ふ》けるのも知らず、小さな

上流階級の男性。

下等社会
肉体労働者など下層階級の人。

一膳めし
一椀《わん》ずつ盛りっきりにして出す飯。

舌打ち鳴らす
おいしいものを食べて満足する。

卒然
にわかに。突然《とつぜん》。

竹馬の友と言わりょうか
幼友達と言えようか、言えはしまい。

涙を呑んだ
泣きたいのをこらえた。

豆ランプのおぼつかない光の下《もと》で、故郷《くに》のことやほかの友の上のことや、将来《ゆくすえ》の望みを語り合ったことは僕《ぼく》今でも思い起こすと、楽しい懐《なつ》かしいその夜のさまが目の先に浮《う》かんでくる。

その後、僕と桂《かつら》は互《たが》いに往来していたが早くもその年の夏休みが来た。すると一日、桂が僕の下宿屋へ来て、

「僕は故郷《くに》に行って来《こ》うかと思う。実はもう決《き》めているのだ。」という意外な言葉。

「それはいいけれども君……。」と僕はすぐ旅費等のことを心配して口を開くと、

「実は金もできているのだ。三十円ばかり貯蓄《ちょちく》しているから、往復の旅費と土産物《みやげもの》とで二十円あったらよかろうと思う。三十円みんな費《つか》ってしまうと後で困るからね。」というのを聞いて僕は今更《いまさら》ながら彼《かれ》の用意のほどに感じ入った。彼の話によると二年前からすでに帰省の計画を立ててそのつもりで貯金したとのこと。

豆ランプ　手燭《てしょく》がわりの小型の石油ランプ。
錦絵　37ページ注参照。
欣々然として　ひどくよろこん

どうだ諸君！　こういうことはできやすいようで、なかなかできないことだよ。桂は凡人《ぼんじん》だろう。けれどもそのなすことは非凡《ひぼん》ではないか。
そこで僕も大いによろこんで彼の帰国を送った。彼は二年間の貯蓄の三分の二を平気でなげうって、錦絵《にしきえ》を買い、反物《たんもの》を買い、母や弟《おとと》や、親戚《しんせき》の女子供を喜ばすべく、欣々然《きんきんぜん》として新橋《しんばし》を立出《た》った。
翌年、三十一年にめでたく学校を卒業し、電気部の技手《ぎしゅ》として横浜《よこはま》の会社に給料十二円で雇《やと》われた。
その後今日まで五年になる。その間彼は何をしたか。ただその職分を忠実に勤めただけか。そうでない！
彼は大いなることをしている。彼の弟《おとと》が二人あって、二人とも彼の兄、逃《とう》亡《ぼう》した兄に似て手に合わない突飛物《とっぴもの》、一人を五郎《ごろう》といい、一人を荒雄《あらお》という、五郎は正作《しょうさく》が横浜の会社に出たと聞くや、国元を飛び出して、東京に来た。正作は五郎のために、所々奔走《ほんそう》してあるいは商店に入れ、あるいは学僕《がくぼく》としたけれど、五郎はいたるところで失敗し、いたるところを逃《に》げ出してしまう。

新橋
明治時代、今のJR東海道線の始発駅になっていた新橋駅。

職分
役目。職務上の本分。

手に合わない
手に負えない。もてあます。

突飛物
思いがけない言行や着想をする人。

学僕
先生や学校の下男として働きながら勉学する人。書生。

けれども正作《しょうさく》は根気よく世話をしていたが、ついに五郎《ごろう》を自分の傍《そば》に置き、種々《しゅじゅ》に訓戒《くんかい》を加え、西国立志編《さいこくりっしへん》を繰《く》り返《かえ》して読まし、そして工手《こうしゅ》学校に入れてしまった。わずかの給料で自ら食らい、弟《おとと》を養い、三年の間、辛苦《しんく》に辛苦を重ねた結果は三十四年に至って現れ、五郎は技手となって今は東京芝区《しばく》の某《ぼう》会社に雇《やと》われ、まじめに勤労しているのである。

荒雄《あらお》もまた国を飛び出した。今は正作と五郎と二人でこの弟の処置《しょち》に苦心している。

今年の春であった。夕暮れに僕《ぼく》は横浜野毛町《よこはまのげまち》に桂《かつら》を訪《たず》ねると、宿の者が「桂さんはまだ会社です。」と言うから、会社の様子も見たく、その足で会社を訪《と》うた。

桂の仕事をしている場処《ばしょ》に行ってみると、僕は電気のことを詳《くわ》しく知らないから十分の説明はできないが、一本の太い鉄柱を擁《よう》して数人《すにん》の人が立っていて、正作は一人その鉄柱の周囲を幾度《いくたび》となくまわって熱心に何事かしている。もはや電灯が点《つ》いて白昼《まひる》のごとくこの一群れの人を照らしている。人々

東京芝区　今の東京都港区芝大門、芝公園のあたり。

横浜野毛町　今の横浜市西区老松町。

は黙《もく》して正作のするところを見ている。器械に狂《くる》いの生じたのを正作が見分し、修繕《しゅうぜん》しているのらしい。

桂の顔、様子！　彼《かれ》は無人《むにん》の地にいて、我を忘れ世界を忘れ、身も魂《たましい》も、今そのなしつつある仕事に打ち込《こ》んでいる。僕は桂の容貌《ようぼう》、かくまでにまじめなるを見たことがない。見ているうちに、僕は一種の壮厳《そうごん》に打たれた。

諸君！　どうか僕の友のために、杯《さかずき》をあげてくれたまえ、彼の将来を祝福して！

見分　立ちあって検査し見届けること。検分。

解説

——初期を中心として

佐藤《さとう》 勝《まさる》

芥川龍之介《あくたがわりゅうのすけ》の描《えが》いた独歩像

文学者の中にも国木田独歩を愛好した人は少なからずいました。芥川龍之介もその一人で、晩年に書いた『文芸的な、あまりに文芸的な』では次のように言っています。

「独歩は鋭《するど》い頭脳を持っていた。同時にまた柔《やわ》らかい心臓を持っていた。しかもそれ等《ら》は独歩の中に不幸にも調和を失っていた。従って彼《かれ》は悲劇的《ひげきてき》だった。（略）彼は鋭い頭脳のために地上を見ずにはいられないながら、やはり柔らかい心臓のために天上を見ずにもいられなかった。」

ここには独歩という人とその文学の本質が簡潔なことばで巧《たく》みにとらえられていると言っていいでしょう。たしかに独歩の眼《め》は現実と夢の両方に注がれており、それが、「柔らかい心臓を持っていた独歩は勿論《もちろん》おのずから詩人だった。（略）けれども彼は前にも言ったような鋭い頭脳の持ち主だった。『山林に自由存す』の詩は『武蔵野《むさしの》』の小品に変わらざるをえない」と芥川が続けて言っているように、独歩を詩人にも小説家にもしたので、「鋭い頭脳」と「柔らかい心臓」の両方を矛盾《むじゅん》をおこしかねない形で所有していたというところに独歩を理解する重要な鍵《かぎ》のひとつがあると考えられます。

出生の秘密

これまで独歩の出生には幾通《いくとお》りかの異なった説明がなされてきました。しかし現在では、父は国木田貞臣、通称《つうしょう》専八で、播州《ばんしゅう》龍野《たつの》（今の兵庫県龍野市）藩脇坂《はんわきさか》氏の家臣として一八六八（明治元）年九月、藩船神龍《じんりゅう》丸に乗船して任を果たしているうち銚子《ちょうし》沖《おき》で遭難《そうなん》し、救助されて静養している間に、旅館の手伝いをしていた淡路《あわじ》まんという女性との間に亀吉《かめきち》（独歩の幼名）ができた、という説が有力になっています。ただ実際は一八六九（明治二）年生まれだった可能性も残っており、その出生のいきさつは最終確定に至っていません。このような出生の謎《なぞ》がクローズアップされるようになったのは、中期の小説『運命論者』（『独歩Ⅱ』に収録）の主人公のたどった数奇《すうき》な運命とからめて理解しようとする動きがあったことと関連しますが、一般論として、作品を作者の経歴と必要以上に結びつけて考えようとするのは文学作品をかえって不当に偏《かたよ》った理解に押《お》しこめることになるので、『運命論者』など特に中期の作品群を独歩出生の問題と結びつけようとはしないほうが、かえって作品に対するのびやかな認識《にんしき》を可能にすると思われます。

『欺《あざむ》かざるの記』の意味

独歩は、父が裁判所に出仕して広島県と山口県のいくつかの土地に転勤を重ねたので、それに従って移住しましたが、どこにおいても「腕白者《わんぱく》にして乱暴」「しかも、能《よ》く人に愛せられ」る、「善良なる素質を有し、何処にか秀抜《しゅうばつ》の気を具《そな》えた」（『病牀録《びょうしょうろく》』）少年として遇《ぐう》されたようです。が、当時は何度か学制改革が行われ、そのおかげで独歩は県立中学退学を余儀《よぎ》なくさせられます。それは一方では帝国《ていこく》大学（今の東京大学）に進学してエリート・コースを歩む可能性を彼《かれ》から閉ざすことに通じており、それだけ以後の曲折に満ちたその生涯《しょうがい》を予想させるものでもあったと同時に、独歩を文学に結びつけることにもなっていったのです。

年譜《ねんぷ》でよくわかるように、彼は生涯のいくつかの局面で実業や政治の世界にかかわっています。必ずしも文学という「一筋の道」にだけ連なるという意味で狭《せま》い領域に自分を限定しようとした人ではありません。しかし他方で彼はカーライル、エマソン、ワーズワースや吉田松陰《よしだしょういん》の書き残したものに接して啓発《けいはつ》され、自分の内面を見る眼《め》と、人間の生の源泉としての自然を新しく見出《い》だす感覚とを養っていくようになります。そのプロセスは、近代文学者の残した日記の中でも白眉《はくび》とされ日記文学とさえ呼ぶことのできるような『欺かざるの記』（一八九三〜九七）に最も鮮明《せんめい》にあらわされています（本巻に収めたのはその一端《いったん》にすぎません）。また、『独歩吟《どっぽぎん》』としてまとめられた抒情《じょじょう》詩や初期の文章の根底にも、彼の獲得《かくとく》した認識ははっきりと存在しています。

新しい「自然」の発見

明治三十年代前半の文学は、伝統的な自然認識とは別種の新鮮な自然観を表現したものとしての独歩の『武蔵野《むさしの》』と徳冨蘆花《とくとみろか》の『自然と人生』（一九〇〇）とによって明確に特徴《とくちょう》づけられます。そのどちらもそれ以後の日本人の自然観とその表現（文体）とに大きな影響《えいきょう》を与《あた》えましたが、漢語を多用し漢文脈特有の格調をただよわせた『自然と人生』とならんで、日本人の心のひだに沁《し》み透《とお》るような感触《かんしょく》をたたえた『武蔵野』の清新さは、カーライルや松陰から学んだ「至誠」「シンセリティー」、更《さら》には「赤条々《せきじょうじょう》の大感情」を時として自分の内部に見出《い》だしえたことを土台として、二葉亭四迷《ふたばていしめい》によって紹介《しょうかい》されたロシア十九世紀の文学者ツルゲーネフの自然観照の方法などを受容したところから生まれました。一八九八（明治三十一）年発表の『今の武蔵野』（のち『武蔵野』と改題）の中に、当時は郊外《こうがい》だった渋谷《しぶや》に移住して自然と人事の交錯《こうさく》する状況《じょうきょう》をつぶさに見聞していた時に書かれた『欺《あざむ》かざるの記』からの次のような引用があります。

「午後林を訪《と》ふ。林の奥《おく》に座して四顧《しこ》し、傾聴《けいちゃう》し、睇視《ていし》し、黙想《もくさう》す。」（本書61ページ）

これを二葉亭がツルゲーネフ『猟人《りょうじん》日記』の一章を翻訳《ほんやく》して文学史にその名を残すことになった『あいびき』（一八八八）の冒頭《ぼうとう》、

「秋九月中旬《じゅん》というころ、一日《あるひ》自分がさる樺《かば》の林の中に座していたことが有ッた。（略）自分は座して、四顧して、そして耳を傾《かたむ》けていた。」

とならべてみると明らかなように、独歩は二葉亭を介《かい》してとらえられたツルゲーネフの自然観察のありようを直感的に鋭《するど》く把握《はあく》していたようです。

このようにして認識され表現された清新な自然は、『武蔵野』一編だけでなく、『源叔父《げんおじ》』『忘れえぬ人々』『河霧《かわぎり》』などを含《ふく》めてまとめられた第一小説集『武蔵野』全体に横溢《おういつ》しています。

恋愛《れんあい》体験と文学

時間的に多少前後しますが、一八九五（明治二十八）年六月、独歩は日本橋釘店《くぎだな》の内科病院長佐々《さ さ》城《き》夫妻の主催《しゅさい》した従軍記者招待晩餐《ばんさん》会に出席して、夫妻の長女信子《のぶこ》を知ります。それからの推移のあらましは本書に収めた『欺かざるの記』に述べられているとおりですが、幸福なるべき二人は翌年四月にはもう離婚《りこん》しています。その間のいきさつは、東京新宿中村屋を夫とともにおこした相馬黒光《こっこう》（『欺かざるの記』に出てくる星良子）の随筆集『黙移《もくい》』などで知ることができます。独歩自身は、紆余曲折《うよきょくせつ》を経て次の年、新しく知り合った田山花袋《たやまかたい》とともに五十日にわたって日光で僧院《そういん》生活を送り、その間に小説第一作に相当する『源叔父』（のち『源おぢ』と改題）を書き上げる一方、『欺かざるの記』のページを閉じます。

見られるとおり、『源叔父』は一面では愛の喪失《そうしつ》の物語であり、愛がいかに人間存立の基礎《きそ》条件であるかを如実《にょじつ》に語るものになっています。その点で、これは独歩における信子体験と不可分にかかわるものと見ることもできるかもしれません。しかしこの小説の持つ意味はそれにとどまらないので、純然たる自然の児としての紀州《きしゅう》に一方的に阻《はば》まれる源叔父は、他方では彼《かれ》にロマンティックな憧憬《どうけい》を抱《いだ》き続ける年若い教師を阻んでいる、というところに、独歩言うところの「天地間存在」としての「小民」の位置、とりわけ年若い教師に代表される都市住民としての知識人に対する位置が示されていると思われます。それはまたほとんどそのまま、『忘れえぬ人々』における「忘れえぬ人」としての亀屋《かめや》の主人をはじめとする「小民」たちの、大津《おおつ》や秋山に対する位置と重なります。「小民」への憧憬《どうけい》は早くから独歩が有していたものですが、それがこのような構造の中で造型されてきたのが信子《のぶこ》体験の後だったところに意味深いものがあると感じる読者も少なからずいるのではないでしょうか。

出郷と帰郷のサイクル

身分制社会の束縛《そくばく》を破って四民平等の近代市民社会への道をひらこうとしていった明治前半期は、『欺《あざむ》かざるの記』の中にも言及《げんきゅう》されている『西国立志編《さいこくりっしへん》』（一八七〇～七一）や福沢諭吉《ふくざわゆきち》『学問のすゝめ』（一八七二～七六）などに鼓舞《こぶ》されて、立身出世を夢見つつ故郷を出て都会に向かった青年が数多く存在し、その幾人《いくにん》かは何らかの成功を収めていった時代でした。その文学的表現が例えば当時のベストセラーだった菊亭香水《きくていこうすい》『惨風悲雨世路《せろ》日記』（一八八四）であり、坪内逍遥《つぼうちしょうよう》『一読三歎当世書生気質《かたぎ》』（一八八五～八六）であるわけですが、しかし明治の都会はいつまでも青年たちの願望を満たすユートピアであり続けはしませんでした。記録文学として価値の高い松原二十三階堂《にじゅうさんかいどう》『最暗黒之《の》東京』（一八九三）や横山源之助《よこやまげんのすけ》『日本之《の》下層社会』（一八九九）に描《えが》き出された都市下層民の多くが地方出身者であったように、近代都会の中で根無し草であることを強《し》いられた人々は、都会の生活の渦《うず》の中で貧窮《ひんきゅう》の底に沈《しず》むのでなければ、いったん故郷に戻《もど》ることを余儀《よぎ》なくされたはずです。そういう人間のあり方のひとつのサンプルが『河霧《かわぎり》』の主人公にほかなりません。

もっとも、都会から田舎《いなか》に帰ってそこで再度自然から精力を受け取る可能性をそれとなく提示したものとしては、はやく独歩の知人であった宮崎湖処子《こしょし》『帰省』（一八九〇）のようなものがなかったわけではありません。しかし『河霧』の主人公は、帰ってきた故郷に暖かく迎《むか》えられながらもう二度と生のエネルギーを回復することはできなかったので、そこに「鋭《するど》い頭脳」を持っていた独歩の見た現実の過酷《かこく》さがあるとも言えるでしょう。しかし独歩のもうひとつの特性である「柔《やわ》らかい心臓」は、主人公を「夢心地《ごこち》」で流れを下って行かせ、いわば美しい自然の中に永遠に回帰させようとしたのです。「詩人」独歩の面目《めんぼく》はここにも生き続けていたので、人間の死や運命をもっと冷徹《れいてつ》にながめて表現するのには、もう少し時間が必要でした。

やはり独歩の知人のひとりであった徳冨蘆花《とくとみろか》は、ほぼ同じ時期に、出郷した青年たちを主人公とする一種の立身出世小説を書いています。『おもひ出の記』（のち『思出の記』と改題。一九〇〇～〇一）がそれですが、そこで主人公たちが到達《とうたつ》したのは一種のユートピアであって明治の現実ではありませんでした。そういう視点で『非凡《ひぼん》なる凡人』（一九〇三）を見ると、その独自性は明らかです。独歩は出世も帰郷もしない主人公をまさに「非凡なる凡人」として描き出したので、この前後の時期に彼《かれ》が書いたいくつかの少年物と同様、独特な世界を形成するのに成功したと言えるでしょう。

国木田独歩　略年譜

西暦	年号	齢	文学活動	生活	社会の動き
一八七一	明治4			7月15日（太陽暦換算8月30日）下総国（千葉県）銚子に生まれる	7廃藩置県　8散髪廃刀を許可
一八七八	11	7		5岩国に移住　8小学校入学	5大久保利通暗殺
一八八五	18	14		9山口中学校初等科入学	12内閣制度設置
一八八七	20	16		3山口中学校退学、その後上京	12保安条例公布
一八八八	21	17		5東京専門学校（今の早稲田大学）英学科入学	2市制、町村制公布
一八八九	22	18	12「女学雑誌」に寄稿	7哲夫と改名	2帝国憲法公布
一八九一	24	20	吉田松陰『幽室文稿』など多くの書に親しむ	1キリスト教受洗　3退学願提出　5山口に帰郷　10波野英学塾を開く	5大津事件起こる　12足尾鉱山鉱毒問題表面化
一八九二	25	21	夏「青年文学」編集に参加、以後「青年文学」「家庭雑誌」への発表続く	2波野英学塾を閉じる　6上京	1選挙大干渉、多くの死傷者出る
一八九三	26	22	2『欺かざるの記』起筆　5「青年文学」廃刊	9鶴谷学館教師として大分県佐伯に赴く	4集会及政社法、出版法など公布
一八九四	27	23	10『愛弟通信』を「国民新聞」に連載（翌年3月まで）	7鶴谷学館退職　9上京、国民新聞社入社　10従軍記者として出発	8清国に宣戦布告（日清戦争）
一八九五	28	24	8以後、詩を発表し続ける	3帰京　11佐々城信子と結婚、逗子で新生活に入る	4下関で日清講和条約調印、三国干渉

一八九六	29	25	1少年伝記叢書第一巻『フランクリンの少壮時代』刊、続けて年内に五冊刊	3上京 4信子失踪、離婚 9渋谷に移住 11田山花袋、松岡（柳田）国男、太田玉茗と知る	4第一回近代オリンピック大会開催 6三陸地方に大津波
一八九七	30	26	4合著詩集『抒情詩』刊 5『欺かざるの記』擱筆 8『源叔父』発表	2以後、民友社から徐々に遠ざかる 4花袋と日光に滞在、『源叔父』を書く 6帰京	6東京帝国大学と改称、京都帝国大学設置 10金本位制実施
一八九八	31	27	1合著詩集『山高水長』刊	8榎本治子と結婚 10?報知新聞社入社	6憲政党結成 7日本美術院創立
一九〇〇	33	29		4報知新聞社退社 12民声新報社入社（編集長）	3治安維持法公布 9立憲政友会結成
一九〇一	34	30	3第一小説集『武蔵野』刊	7民声新報社退社	6星亨暗殺
一九〇二	35	31		12敬業社（近事画報社）入社	1日英同盟調印
一九〇三	36	32	3「東洋画報」（「近事画報」「戦時画報」）創刊		3専門学校令公布 11平民社結成
一九〇五	38	34	5「新古文林」創刊 7「婦人画報」創刊、第二小説集『独歩集』刊		9ポーツマス条約調印 12朝鮮統監府設置
一九〇六	39	35	3第三小説集『運命』刊、文名にわかにあがる	6近事画報社の後をうけて独歩社創立 夏、肺結核を発症	1日本社会党結成
一九〇七	40	36	5第四小説集『濤声』刊	4独歩社破産	3義務教育六年制
一九〇八	41	37	7『病牀録』『独歩集第二』、10『欺かざるの記』前編、11『渚』『愛弟通信』刊	2南湖院（茅ヶ崎）に入院 4慰問文集『二十八人集』を贈られる 6月23日死去	6赤旗事件起こる 12パンの会発足
一九〇九	42		1『欺かざるの記』後編刊		10伊藤博文暗殺

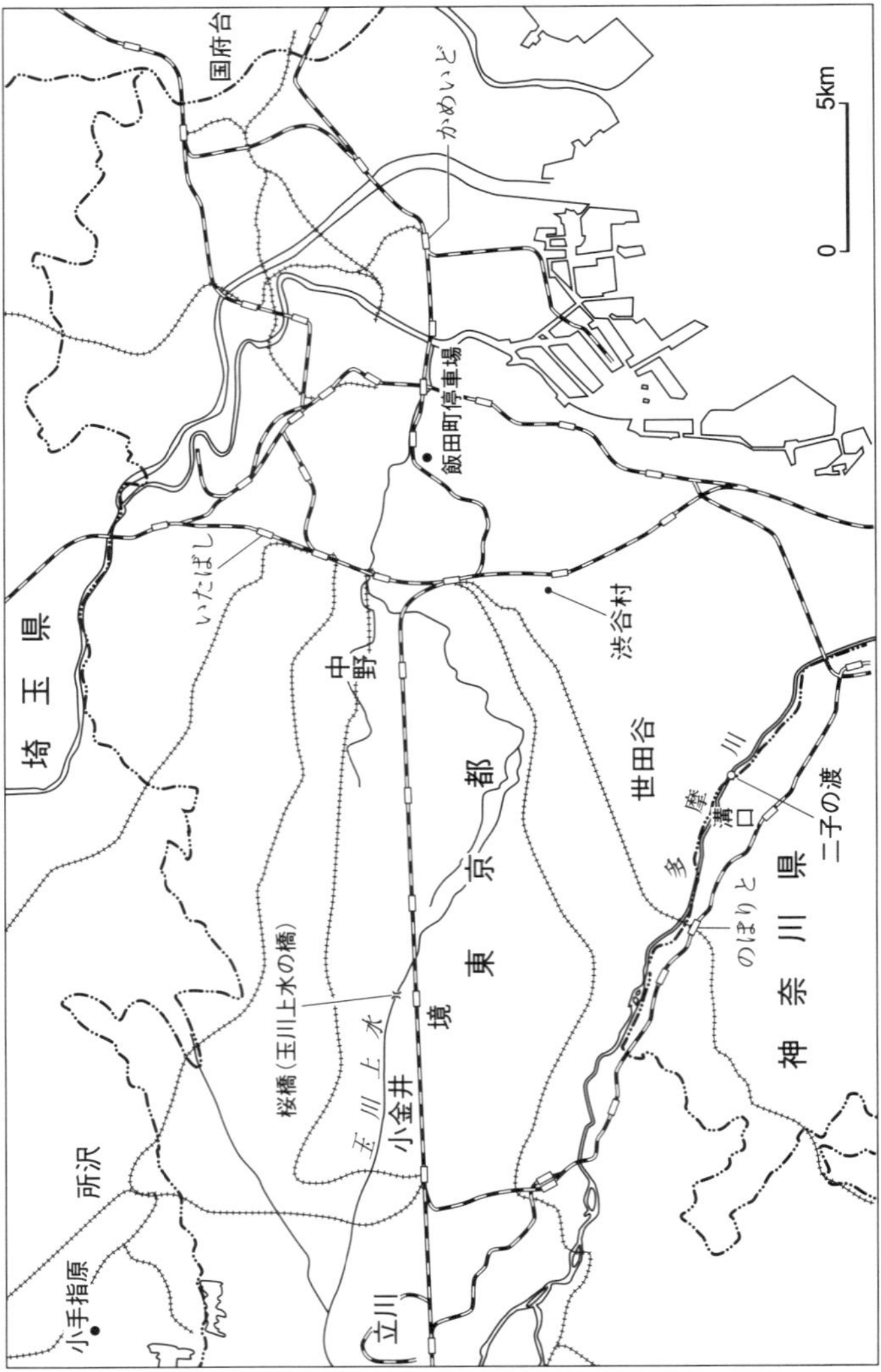

「武蔵野」「非凡なる凡人」関係地図

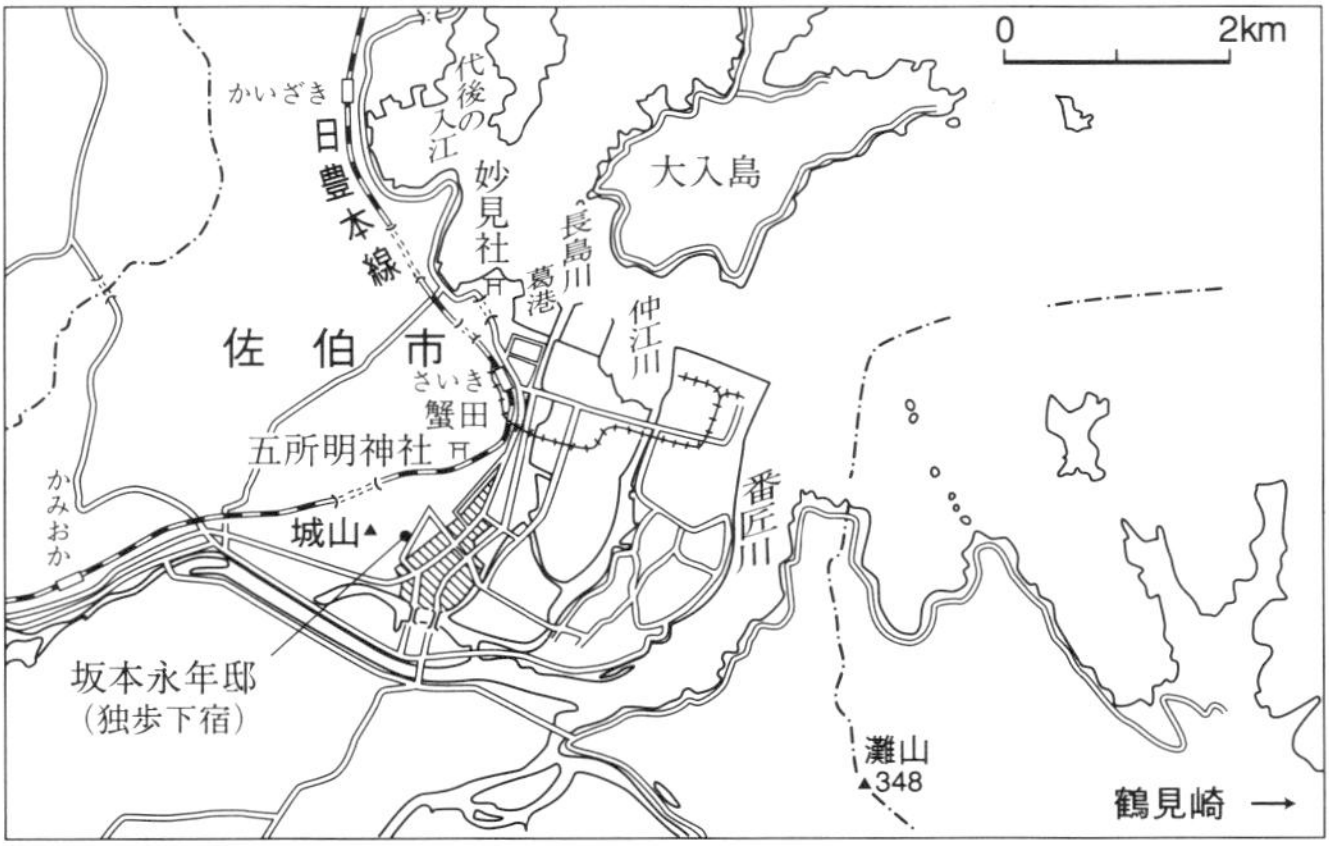

「源叔父」関係地図

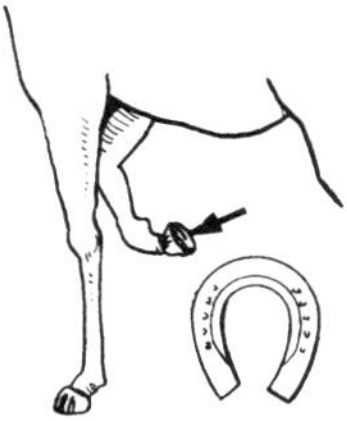

P96　鉄蹄

P96　大八車

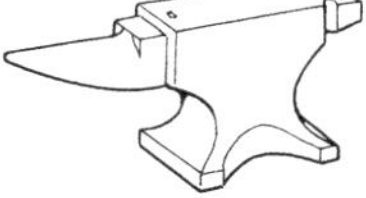

P96　鉄砧

ああ、人間の心なんて

阿《あ》部《べ》昭《あきら》
（作家）

独歩の短編からどれか一つ、というのは無理な注文であるが、私がときどき覗《のぞ》いてみたくなるのは、二十七歳《さい》の年に『武蔵野《むさしの》』についで書かれた『忘れえぬ人々』である。覗くというのは、冒頭《ぼうとう》の堂々たる風格をもった叙景《じょけい》、またそれに続く宿屋の帳場の場面だけでも、私にはしばし時を忘れるに十分だからである。そこを読むと、なにか自分もそんなうらぶれた旅人姿で一夜の宿を探しているような、心もとない気持ちになる。そして、自分もそんな宿屋に一晩厄介《やっかい》になりたいような、人恋しい気持ちになる。懐《なつ》かしいと言っても、しんみりすると言っても足りない、鷗外《おうがい》や漱石《そうせき》と同じ、日本人の血にひそむ郷愁《きょうしゅう》を掻《か》き立てずにはおかぬものが、やはりここにもある。

「多摩川《たまがわ》の二子《ふたご》の渡《わた》しをわたって少しばかり行くと溝口《みぞのくち》という宿場がある。その中ほどに亀屋《かめや》という旅人宿《はたごや》がある。ちょうど三月の初めの頃《ころ》であった、この日は大空かき曇《くも》り北風強く吹《ふ》いて、さなきだに淋《さび》しいこの町がいちだんと物淋しい陰鬱《いんうつ》な寒そうな光景を呈《てい》していた。きのう降った雪がまだ残っていて高低定まらぬ茅屋根《わら》の南の軒先《のきさき》からは雨滴《あまだれ》が風に吹かれて舞《ま》うて落ちている。

草鞋《わらじ》の足痕《あと》にたまった泥水《どろみず》にすら寒そうな漣《さざなみ》が立っている。日が暮れるとまもなく大概《たいがい》の店は戸を閉めてしまった。くらい一筋町《ひとすじまち》がひっそりとしてしまった。旅人宿《はたごや》だけに亀屋《かめや》の店の障子《しょうじ》には灯火《あかり》が明《あ》かく射《さ》していたが、今宵《こよい》は客もあまりないと見えて内もひっそりとして、おりおり雁頸《がんくび》の太そうな煙管《きせる》で火鉢《ひばち》の縁《ふち》をたたく音がするばかりである。」

という書き出しから、三ページばかり先の、

「春先とはいえ、寒い寒い霙《みぞれ》まじりの風が広い武蔵野《むさしの》を荒《あ》れに荒れてよもすがら、真っ闇《くら》な溝口《みぞのくち》の町の上をほえ狂《くる》った。」

のあたりまで読んで満足する。作者には悪いが、つまみ食いみたいなものである。

この間、べつに変わったことが起こるわけではない。まず客が一人はいってくる。一人先客がいることがわかる。主人《あるじ》が火鉢に寄りかかったまま、にべもなく新しい客の品定めをする。何もかも一瞥《いちべつ》で見通すようなおやじの視線が読者にも感じられる。なにげない問答なのに、非常な緊張感《きんちょうかん》がある。

そのあと主人は奥《おく》に向かって、客が足を拭《ふ》く湯を持ってこい、何番の部屋へ通せ、先客が済んだら風呂《ふろ》へ案内しろ、と矢つぎ早やに指図して、自分はじっと目をつぶっている。その膝《ひざ》に猫《ねこ》が丸くなっていたのが、主人の怒鳴《どな》り声にびっくりして飛び下りる、「馬鹿《ばか》！　貴様に言ったのじゃないわ。」柱時計が八時を打つ。老妻に、孫が眠《ねむ》そうにしているから早くあんかを入れて寝《ね》かしてやれと、

それは二度も言う。勝手のほうでは、女中と婆《ばあ》さんがくすくす笑っている、「自分が眠いのだよ。」やがて風が強くなり雨さえ加わった気配に主人が、もう店の戸を引け、と怒鳴る。

それだけの場面である。短編のほんの一寸《ちょっと》した糸口にすぎないように見える。二十五枚ぐらいある『忘れえぬ人々』の紙数の大半は、二階に泊《と》まった二人の青年、無名の文士と無名の画家との夜を徹《てっ》しての語らいに費《つい》やされているからである。だがそれにしては、この脇役《わきやく》のような「亀屋の主人」はあまりに見事に書かれている。あまりにその存在が大きく感じられる。その意味が、一編の結末に至って明らかになる。「亀屋の主人」は、この短編の飾《かざ》りでも添《そ》え物でもなかった。作者は彼《かれ》をこそ書きたかったのであり、それゆえにあのように力をこめ、かつ畏敬《いけい》の念さえこめて描《か》いたのだとわかる。

二年後の、主人公にとってはあの「亀屋の主人」こそ「忘れえぬ人々」の一人であった、という結びはまことに痛烈《つうれつ》、かつ巧妙《こうみょう》である。だが、冒頭《ぼうとう》の描写《びょうしゃ》がただの伏線《ふくせん》ではなかったように、これも落ちというような軽薄《けいはく》なものではない。それは主人公が、ある歳月《さいげつ》の経過と精神の成長とによって獲得《かくとく》した生身の結論だからである。主人のことを、作者はこう書いていた。

「主人の言葉はあいそがあっても一体《いったい》の風《ふう》つきはきわめて無愛嬌《ぶあいきょう》である。年は六十ばかり、肥《ふ》満《と》った体軀《からだ》の上に綿の多い半纏《はんてん》を着ているので肩《かた》からただちに太い頭が出て、幅《はば》の広い福々しい顔の目《まな》じりが下がっている。それでどこかに気むずかしいところが見えている。しかし正直なおやじさんだなと客はすぐ思った。」

小面憎《こづらにく》いような、そんなおやじがどうして「忘れえぬ人々」の一人になるのかは、この短編を読み終わったとき、おのずから読者が自分の胸に思い当たるであろう。そして、きっともう一度冒頭《ぼうとう》のページを繰《く》ってみたくなるであろう。いい短編というのは必ずそうしたものである。また、私が最初の部分だけを読み返したくなると横着なことを言ったのも、もっともだと思われるであろう。

私はこんな感じがする。「亀屋《かめや》の主人《あるじ》」の一家が寝静《ねしず》まってから、宿の二階で主人公が開陳《かいちん》する「忘れえぬ人々」論は、いわば何幅《なんぷく》かの美しい絵みたいなものである。汽船の上から見た、瀬戸内《せとうち》の淋《さび》しい島かげの磯《いそ》に漁《すなど》る小さな点のような人影《ひとかげ》。新月の光に噴煙《ふんえん》を上げる阿蘇《あそ》のふもとを、馬子唄《まごうた》を歌いつつ空車《からぐるま》を引いて行った若者。四国三津《みつ》ケ浜《がはま》で魚市場の雑踏《ざっとう》をよそに、一心に悲痛な調べを奏《かな》でていた琵琶僧《びわそう》。これがそれぞれの画題である。われわれは「みなこれこの生を天の一方地の一角に享《う》けて悠々《ゆうゆう》たる行路をたどり、相携《あいたずさ》えて無窮《むきゅう》の天に帰る者ではないか」という独歩の生涯《しょうがい》のモチーフで一貫した絵、無辺際の空間に吸い込《こ》まれて行く、芥子粒《けしつぶ》のような人間がいる風景画である。だが、それらの絵も、古い大木の朽《く》ちかけた切り株か何かのように、宿屋の帳場に埋《う》もれて生をまっとうする老爺《ろうや》の存在感には遠く及《およ》ばなかったというのであろう。

『忘れえぬ人々』は、主人公のメッセージにそむかず、読む者に人がこの世にあることの不思議さをしみじみ感じさせる。そしてまた、その結びには若い独歩の文学への自覚と決意がうかがわれる。

彼《かれ》はすでにこの小説を書く二年も前に、「余《よ》いかなる事ありとも今の日本の文学者連と一種の競争の念を起こさざるべし、自家の途《みち》を自家ふみゆくべし」（『文学者――余の天職』）と、その覚悟を披《ひ》歴《れき》している。作品が素人《しろうと》くさいとか未完成とか評され、ようやく本当の小説を書きかけたところで死んだようにも言われる独歩であるが、もともと彼は狭《せま》い文壇《ぶんだん》の物差しで計れる作家ではなかったようである。

（阿部　昭著『短編小説礼讃』一九八六年、岩波新書所収の「第2章　ああ、人間の心なんて」による）

付記

一、本書本文の底本には、『日本近代文学大系10　國木田獨歩集』（一九七〇、角川書店刊）を用いました。
二、本書本文中には、今日の人権意識に照らして、不適当な表現が用いられていますが、原文の歴史性を考慮してそのままとしました。
三、本書韻文作品の表記は、底本のままとしました。ただし常用漢字については新字体を用い、他は康熙字典体を原則としました。
四、本書の散文作品の表記は、次のようにしました。
㈠　仮名遣いは、文語文作品では「歴史的仮名遣い」とし、口語文作品では現代仮名遣いとする。
㈡　送り仮名は、現行の「送り仮名の付け方」によることを原則とする。
㈢　底本の仮名表記の語を漢字表記には改めない。
㈣　使用漢字の範囲は、常用漢字をゆるやかな目安とするが、仮名書きにすると意味のとりにくくなる漢語、および固有名詞・専門用語・動植物名は例外とする。
㈤　底本の漢字表記の語のうち、仮名表記に改めても原文を損なうおそれが少ないと判断されるものは、平仮名表記に改める。
①　極端なあて字・熟字訓のたぐい。（ただし、作者の意図的な表記法、作品の特徴的表記法は除く。）
②　接続詞・指示代名詞・連体詞・副詞
㈥　使用漢字の字体は、常用漢字および人名漢字については、いわゆる新字体を用い、それ以外は康熙字典体を用いることを原則とする。
五、読者の便宜のため、次のような原則で、読み仮名をつけました。
㈠　小学校で学習する漢字の音訓以外の漢字の読み方には、すべて読み仮名をつける。
㈡　読み仮名は、韻文作品では作品ごとに初出の箇所につけ、散文作品では見開きごとに初出の箇所につける。

《監　修》
浅井　清　　（お茶の水女子大学名誉教授）
黒井千次　　（作家・日本文芸家協会理事長）

《資料提供》
日本近代文学館

独歩吟《どっぽぎん》・武蔵野《むさしの》ほか　　読んでおきたい日本の名作

2003年10月22日　初版第1刷発行

著　者　国木田《くにきだ》　独歩《どっぽ》

発行者　小林　一光

発行所　教育出版株式会社
〒101-0051　東京都千代田区神田神保町2-10
電話　(03)3238-6965　　FAX　(03)3238-6999
URL　http://www.kyoiku-shuppan.co.jp/

ISBN 4-316-80036-1 C0393
Printed in Japan　　印刷：神谷印刷　製本：上島製本
●落丁・乱丁本はお取替いたします。

読んでおきたい日本の名作

●第四回配本

『独歩吟・武蔵野ほか』
国木田独歩I
注・解説 佐藤 勝
エッセイ 阿部 昭

『雁・カズイスチカ』
森 鷗外II
注・解説 古郡康人
エッセイ 川村 湊

『春琴抄・蘆刈』
谷崎潤一郎
注・解説 宮内淳子
エッセイ 四方田犬彦

●次回 第五回配本

『五重塔・風流仏』
幸田露伴
注・解説 登尾 豊
エッセイ 青木奈緒

『蜘蛛の糸・杜子春ほか』
芥川龍之介II
注・解説 浅野 洋
エッセイ 宗田 理

『伊豆の踊り子ほか』
川端康成I
注・解説 谷口幸代
エッセイ 鷺沢 萠

●好評既刊

『宮沢賢治詩集』
宮沢賢治I
注・解説 大塚常樹
エッセイ 岸本葉子

『最後の一句・山椒大夫ほか』
森 鷗外I
注・解説 大塚美保
エッセイ 中沢けい

『現代日本の開化ほか』
夏目漱石I
注・解説 石井和夫
エッセイ 清水良典

『羅生門・鼻・芋粥ほか』
芥川龍之介I
注・解説 浅野 洋
エッセイ 北村 薫

『デンマルク国の話ほか』
内村鑑三
注・解説 今高義也
エッセイ 富岡幸一郎

『萩原朔太郎詩集』
萩原朔太郎
注・解説 堤 玄太
エッセイ 香山リカ

『山月記・李陵ほか』
中島 敦
注・解説 佐々木充
エッセイ 増田みず子

『照葉狂言・夜行巡査ほか』
泉 鏡花I
注・解説 秋山 稔
エッセイ 角田光代

『たけくらべ・にごりえほか』
樋口一葉I
注・解説 菅 聡子
エッセイ 藤沢 周

『どんぐりと山猫・雪渡りほか』
宮沢賢治II
注・解説 宮澤健太郎
エッセイ おーなり由子